青岛文库

阴兽

陰獣

[日] 江户川乱步 著
林少华 译

青岛出版集团 | 青岛出版社

图书在版编目（CIP）数据

阴兽 /（日）江户川乱步著；林少华译 . — 青岛：青岛出版社，2017.8
（青鸟文库）
ISBN 978-7-5552-5722-6

Ⅰ.①阴… Ⅱ.①江…②林… Ⅲ.①推理小说 - 日本 - 现代 Ⅳ.① I313.45

中国版本图书馆 CIP 数据核字（2017）第 163757 号

YINSHOU（QINGNIAO WENKU）

书　　名	阴兽（青鸟文库）
著　　者	［日］江户川乱步
译　　者	林少华
出版发行	青岛出版社
社　　址	青岛市崂山区海尔路 182 号（266061）
本社网址	http://www.qdpub.com
邮购电话	0532-68068091
策　　划	杨成舜
责任编辑	霍芳芳
封面设计	毛　增
照　　排	青岛双星华信印刷有限公司
印　　刷	青岛双星华信印刷有限公司
出版日期	2017 年 9 月第 1 版　2023 年 4 月第 5 次印刷
开　　本	32 开（710mm×1000mm）
印　　张	4.25
字　　数	60 千
印　　数	17001—22000
书　　号	ISBN 978-7-5552-5722-6
定　　价	20.00 元

编校印装质量、盗版监督服务电话：4006532017　0532-68068050
本书建议陈列类别：日本 / 文学 / 畅销

江户川乱步和他的作品(译序)

教学之余,翻译了七十几本书。村上春树作品四十一本,其余也几乎都是所谓纯文学作品。推理小说仅此一本。这是因为,我觉得文学关乎灵魂和审美,还是纯粹一些好。仅以这套经典丛书来说,《哥儿》妙趣横生,《心》一唱三叹,《罗生门》入木三分,无不具有明确的艺术追求和灵魂拷问力度,同时给人以文学特有的审美感受。《蟹工船》虽然坚定指向社会批判,属于不折不扣的无产阶级文学作品,但并不流于空洞的政治说教,至少文体别具特色,鲜活生动,掷地有声。

相比之下,推理小说则意在推理。而一旦推理,势必条分缕析,刨根问底,减弱文学之所以为文学的本质特征或其纯度。何况推理小说大多与命案有关,阴风阵阵,黑幕重重,步步惊心,不符合我的文学口味。话虽这么说,到底翻译了《阴兽》这本推理小说。直接原因自然是出版社的约稿。而更重要的原因是其文体或语言引起了自己的兴趣——尽管小说本身不属于纯文学作品,但文体中的纯文学性因素所在皆是。试举一例:

她脸色青白。但那般恰到好处的青白我还从未见过。倘若世上真有美人鱼存在,一定有着她这样美艳艳的肌肤。总的说来,她长着一张古典式的瓜子脸,眉毛、鼻子、嘴、脖颈、肩,所有线条都那般优美纤柔,轻盈袅娜,给人的感觉就好像古代小说家经常形容的那样"一触即失"。至今我仍不能忘记当时她那长睫毛下如梦如幻的眼神……尤其笑时那含娇带羞的柔弱无力之感,使我产生一种别样的激动。

不难看出,这样的描写比之任何纯文学作品都未必相形见绌笔调腾挪有致,疾驰相宜,富于文采和浪漫气息,形象呼之欲出,足以引发读者的文学想象好奇心。通观全书，整体行文也相当考究。欲擒故纵，摇曳生姿，表现出作者非同一般的语言功力和文学修养。而这正是对译经典文本必不可少的要素。

此外，作为江户川乱步的代表作，《阴兽》固然构思巧妙，悬念迭起，推理丝丝入扣，舞台妖气弥漫，但不仅仅如此。其中还有深切的同情心和道义上的自我追问。例如主人公"我"在得知静子自杀之后，起始认定她的死等于证实了"我"的推理——她出于对犯罪本身的强烈兴趣和企图继承一大笔遗产随心所欲欢度后半生的目的杀害了自己的丈夫。但一个月过后，"我"开始怀疑静子杀害丈夫的真正动机，觉得为了自由和财产不足以使一个女人杀害多年朝夕相处的丈夫并在事情败露后投河自尽，而可能是由于她爱上了自己，是这点使静子沦为杀人犯并在受到恋人斥责后决心一死了之。于是"我"陷入深深的自责之中：

啊，对这个如此令人惶恐不安的疑虑我该如何是好呢？静子是他杀也罢，自杀也罢，反正都是我

害死了那般倾心于我的可怜的女子。我不能不受我原本不多的道义之心的诅咒。难道世上还有比恋情更强劲更美好的东西吗？可我竟以道学家的冷酷将那般清纯美丽的恋情击得粉碎！

日本的推理小说，战前称之为侦探小说。战后日本减少汉字的使用数量，"侦"字未被列入"当用汉字表"，故改称推理小说。侦探（推理）小说十九世纪中期由美国作家爱伦·坡开其先河，十九世纪末二十世纪初由英国的柯南·道尔成其大端，而在二十世纪中期由同是英国作家的阿加莎·克里斯蒂推向高峰。日本在上世纪五十年代成为世界推理小说的重镇。据北京师范大学王向远教授统计，从战前的江户川乱步、横沟正史开始，经过战后的松本清张、森村诚一的拓展，再到八十年代赤川次郎的崛起，六十年间涌现五十多位有成就的推理小说家，作品逾五千部之多。（参见《王向远著作集·日本文学汉译史》）

江户川乱步（1894—1965），日本三重县人，本名平井太郎，因仰慕推理小说"始祖"爱伦·坡而取笔名江户川乱步（日语中"乱步"与"伦坡"发音相近）。在早稻田大学政经学部就读期间即对英美推理小说产生浓厚兴趣。毕业后做过贸易公司职员、旧书商、报社记者等十几种职业。二十年代开始创作推理小说。处女作《两分硬币》和继之发表的《心理试验》，以暗号和精神分析手法破解作案谋，显示出日本推理小说的创作前景。其后陆续发表了《阁楼散步者》《人椅》《红房间》《火星上的运河》，或想落天外，或触目惊心或扑朔迷离，俱为佳作。继短篇之后，以《全景岛奇谭》开拓长篇领域，凸显侦探趣味。《同贴花旅行的男人》《虫》集中发掘梦幻和异常心理，《蜘蛛男》《黄金假面》等长篇波谲云诡，险象环生，极富刺激性，广受大众欢迎。战后在致力于推理小说评论和培育后起之秀的同时，推出了《化人幻戏》和《十字路口》等作品。

《阴兽》创作于一九二八年，是最具江户川乱步创作特质的中篇。翻译旨在达意传神，注释力求简明扼要。岂敢垂范来昆,但期抛砖引玉,如此而已。

林少华
二〇一三年三月二十四日于窥海斋
时青岛迎春花开玉兰初绽

1

我时常这样想：侦探小说家可以分为两类，一类是罪犯型，或者莫如说只对犯罪感兴趣，即使写侦探小说，也一定要写犯人的残忍嗜虐心理才能满足；另一种为侦探型，或者莫如说仅仅对侦探过程感兴趣，对罪犯心理则全然不予理会。

下面要写的侦探作家大江春泥属于前者，我自己应当属于后者。

尽管我靠写犯罪题材谋生，但那只是由于我喜欢侦探的科学性推理，我自己一点也不为非作歹，甚至可以说像我这样看重道德的人怕是为数不多的。

我这样的好人偶然同这一事件发生关联，完全是一种严重的阴差阳错。假如我在道德方面略为迟钝，或者多少具有恶人性质，大约不至于如此后悔，不至于坠入如此可怕的迷雾弥漫的深谷中。岂止那样，弄得好，说不定现在我已坐拥漂亮的老婆和过多的财产，美美地过日子呢。

事情过去已有相当一些时日了。虽然那可怕的谜团仍未解开，但随着活生生的人和事渐渐离我远去，我可以多少加以回顾了。我打算把这近乎记录的东西写下来。如果写成小说，我想一定十分有趣。可是，即使最后写完，也不会有勇气马上发表。为什么呢？因为构成记录重要部分的小山田横死事件依然留在世人记忆里，即使再改名换姓再加润色，恐怕也没有人认为那仅仅是虚构的小说。

这样，芸芸众生中难保不会有人因这篇小说受到连累。况且公之于世，我自己也将处于尴尬境地，或者感到害怕。说老实话，不仅事件本身如白日梦一般扑朔迷离，令人不寒而栗，而且我就此展开的大胆推想也够骇人听闻，我自己都为之不快。

至今每次想起，晴空都马上乌云密布，耳底都响起咚咚擂鼓般的声音——便是这样眼前变得一片漆黑，世界变得莫名其妙。

由于以上原因，我虽然无意马上发表这篇记录，但迟早还是要以此为基础写一篇我所拿手的侦探小说。可以说，这不过是草稿，不过是稍为详细些的备忘录。我要以在老式日记本——除了正月其他全部留白的老式日记本上写冗长日记的心情写下去。

记述事件之前，我想最好详细介绍一下——这对以后方便——事件主人公、侦探作家大江春泥的人品、作风及其与众不同的生活。不过，事件发生前我只是因其作品知其人，甚至在杂志上也有过交锋，却无个人交往，不大清楚他的生活。不多的详情还是在事件发生后通过我的朋友本田得知的。所以，关于春泥的情况，我记述的只是自己从本田那里听来和调查来的事实。我觉得，按照事情的前后顺序先从导致自己卷入这一事件的起因写起。我想这是最为顺理成章的。

那是去年秋天十月中旬的事。

为了看旧佛像，我去了上野的帝室博物馆，在昏暗空荡的房间里蹑手蹑脚地走来走去。房间很大，不见人影，哪怕一点点声响都会引起可怕的回声。我觉得不光脚步声，就连咳嗽都须顾忌才是。

博物馆里全无人影，不知是何原因被人冷落到如此地步。陈列橱的大块玻璃闪着冷光，漆布地板上一点灰尘也没有。天花板如寺院大殿一般高的这座建筑物，简直就像水底一样死静死静。

正当我站在一个房间的陈列橱前痴痴凝视一座古色古香的木雕菩萨那梦幻般的性感形象时，身后响起轻轻的脚步声和微微的丝绸摩擦声——我感觉有人朝我走近。

我不无怵然地看着前面玻璃中映出的人影：一个身穿花纹夹袄、梳着圆形发髻、气质高雅的女子同我面前橱窗里的菩萨雕像重叠着站在那里。俄顷，女子在我旁边并肩站定，注视我所看的那座佛像。

说来不好意思，我在注视佛像的同时还不时瞥一眼身旁的女子。她是那样令我心动。

她脸色青白。但那般恰到好处的青白我还从未见过。倘若世上真的有美人鱼存在，一定有着她这样美艳艳的肌肤。总的来说，她长着一张古典式的瓜子脸，眉毛、鼻子、嘴、脖颈、肩，所有线条都那般优美纤柔，轻盈袅娜，给人的感觉就好像古代小说家经常形容的那样"一触即失"。至今我仍不能忘记当时她那长睫毛下如梦如幻的眼神。

究竟谁先开口的，现在竟也想不起来了，大概是我发的什么引线。她和我就在那里陈列的展品简单交谈了两句，然后在博物馆里转了一圈就一起出来了。从出门穿过上野山内直到山下这很长的时间里，两人都相伴而行，她一言我一语说东道西。

说话时间里，她的美貌愈发显得风情万种。尤其笑时那含娇带羞的柔弱无力之感。使我产生一种别样的激动，就像目睹一幅古色古香的圣女油画，又如想起蒙娜丽莎不可思议的微笑。她的虎牙又白又大，笑时唇角碰在虎牙上，形成谜一般的曲线。右脸颊青白皮肤上的大颗黑痣又同曲线相呼应，呈现出无可名状的温柔亲切的表情。

但是，倘若我没发现她脖颈上那个奇妙的东西，即使她再动人，对我恐怕也不过是一个高雅、温柔、纤弱、一触即失般的美人。

尽管她毫不造作地用衣领巧妙掩饰起来,但在上野山内行走途中,我还是一闪瞥见了。

那是一道红痣样的红痕迹,大概一直向下延伸到脊背。看上去既像天生的红痣,又似乎是最近的伤痕。青白光滑的皮肤上,形状姣好、柔软细嫩的脖颈上竟出现这么一道仿佛深红色毛线的伤痕,而其残忍情状又给人一种奇异的性感。看见它,刚才她那梦幻般的美丽当即伴随突如其来的真真切切的现实感朝我袭来。

交谈过程中,得知她是合资公司碌碌商会出资会员、实业家小山田六郎的夫人小山田静子。也巧,她是侦探小说的读者而又特别喜欢读我的作品(我忘记不了听得此言时我兴奋得跟什么似的),也就是说是作者与读者的关系使我们自然而然亲密起来,没有让我产生同这等美人萍水相逢后的失落感——我们由此机缘发展到不时互相通信。

如此年轻女子来此空空荡荡的博物馆——这种高雅脱俗的情趣很能给我以好感,同时,她最爱看侦探小说中被认为最富于智慧的我的作品这点也使我感到亲切。我绝对迷上了她，再三再四写信、写并无多大意趣可言的信给她。她总是以女性特有的细腻一一回信。作为耐不住寂寞的单身汉，我对结识这么一位有品位的异性朋友感到欣喜异常。

2

小山田静子同我的书信往来，如此持续了几个月。

不能否认，通信当中我战战兢兢地让自己的信带上了某种意味，而静子那方面也似乎流露出超过一般交往的——也可能我神经过敏——极其恭谨而又不无温馨的情思。

坦率地说——也真不好意思——我想方设法打探出静子的丈夫小山田六郎不但年龄比静子大许多，而且格外显老，脑袋也秃得利利索索了。

到了今年二月，静子信上开始出现微妙的变化：我觉得她好像感到非常害怕。

近来有件事让我忧心忡忡，夜里时常醒来。

她在一封信上这样写道。虽是三言两语，但从字里行间分明看见她吓得瑟瑟发抖的身影。

另有一封信这样写道：

先生，您和那位同是侦探作家的大江春泥说不定是朋友吧？若知道他的住处，请告诉我好吗？

大江春泥的作品我当然晓得，但由于春泥这个人非常讨厌见人，作家聚会也从未露面，所以没有个人交往。而且，据说他从去年下半年以来突然封笔，不知去了何处，通讯处都无人知晓。我如此答复了静子。但想到静子的恐惧感可能同那个大江春泥有关，便出于稍后提到的原因，心里颇为不快。

没几日，静子寄来一张明信片，大意是有事商谈，能否拜访一次。

我隐约感觉出了"商谈"的内容，但完全没想到是那般可怕的事情，只管喜不自胜地就同她再次相见想入非非。

接到我"恭候"字样的回信，静子当天就来了。

出乎意料的是,此时的静子十分萎靡不振,出门迎她时我很有些失望。而她所说的"商谈"更是出乎寻常,早把我刚才的想入非非一扫而光。

"我是实在想不出别的办法才来拜访您的。觉得像您这样的人总可以为我出出主意……只是,认识不长时间就什么都说给您,或许有失礼节……"

静子有气无力地一笑——笑得那颗痣很是显眼——轻轻抬头望我一眼。

天气已经冷了,我在书桌旁放了一个紫檀木长方形的火盆。她在对面得体地坐着,两手搭在火盆边缘。手指仿佛她全身的象征,柔软、纤弱,但绝不消瘦;肤色青白,但绝非病态;柔弱得似乎一握就可能随时消失,但又具有极微妙的弹性。也不光是手指,她全身给人的感觉也完全如此。

见她一副沉思的神态,我也认真起来:

"只要是我能办到的……"

"事情真是叫人不寒而栗。"

如此讲完开场白,她穿插自己从小的身世,告诉我一个很不一般的情况。

简单概括静子当时所说的身世：老家在静冈，在那里直到女校快毕业的时候都是无忧无虑的。

唯一可说是不幸的事，是她在女校上四年级时，抵不住一个叫平田一郎的年轻人的花言巧语，和他有过甚为短暂的恋爱关系。

为什么说是不幸呢？因为那场恋爱只是出于十八岁少女心血来潮的逢场作戏，绝对不是因为真心喜欢平田那个小伙子。问题是，尽管她只是出于心血来潮，对方却是真心实意的。

平田一郎纠缠不放，她则唯恐躲之不及。而越是这样，对方就越是穷追不舍。发展到最后，半夜里竟有黑影在她家围墙外来回徘徊，信箱里开始有恐吓信投进来。作为十八岁少女的她为一时心血来潮招致的报复吓得胆战心惊。父母也注意到女儿一反常态，心里隐隐作痛。

正当此时，一桩很大的不幸降临在她家头上（对于静子莫如说是幸事）。当时，由于经济界激烈动荡，她父亲扔下一大笔无法偿还的债务，草草打点店铺，携全家逃到一个有点交情的熟人所在的彦根，情形几乎同夜逃无异。

由于这场意外的遭遇，静子不得不从即将毕业的女校退学。而与此同时，她可以通过这次突然迁居从平田一郎可怕的纠缠中脱身出来，又不由觉得心里一块石头落了地。

她父亲自此一病不起，不久去世，剩下静子和她母亲。母女俩过了一段凄惨的日子。但不幸并没有一直持续下去，出生于她们藏身的那个村里的实业家小山田很快出现在母女俩面前。两人得救了。

小山田只见过静子一次，就深深地恋上了她，托人前来求婚。静子也不讨厌小山田。两人年龄尽管相差不止十岁，但小山田那潇洒有致的绅士风度，使静子产生仰慕之情。婚事一帆风顺。婚后，小山田陪静子和她母亲回到东京的宅邸。

此后七年时光过去。婚后第三年静子的母亲病逝。不久小山田带着公司业务在海外差不多度过两年（前年底才回国。那两年时间里，静子说她每天都去茶道、花道、音乐老师那里，以排解独守的寂寞）。除此之外，一家人风平浪静，夫妻关系也和和美美，幸福度日。

丈夫小山田十分精明能干，七年时间里眼看着财富越滚越多，如今已在同行中打下了无可撼动的地盘。

"说起来真是惭愧，结婚时我对小山田说了谎，隐瞒了自己同平田一郎的事。"由于羞愧和悲戚，静子垂下长长的睫毛，眼睛里甚至满噙泪水，断断续续地低声说道，"小山田好像在哪里听说过平田一郎这个名字，多少有点怀疑，但我一口咬定除小山田没接触过其他男人，一再遮掩同平田的关系，直到现在。小山田越是生疑，我就越是要分外遮掩。"

"人的不幸这东西实在可怕，不知它躲在什么地方。七年前的那句谎言原本不是出于恶意，而竟埋下了祸根，今天以那么可怕的形式折磨我。

"说实话，我早已把平田忘得一干二净。当我突然接到平田的来信时，看着寄信人的名字好半天才想起来原来是他。我早已忘在脑后了。"

说罢，静子给我看了几封平田的来信。因她委托我保管，这些信现在仍在手上。为便于展开事情经纬，我把第一封信录在下面：

静子，我终于找到你了。

你倒是没有察觉到，而我从碰见你那个地方就开始跟踪，弄清了你的住处。你现在姓小山田我也知道了。

你总不至于忘掉平田一郎吧？总该记得这个百般讨厌的家伙吧？

你这个薄情之人想必体会不出我被你抛弃后是何等苦闷！以致不知有多少次深更半夜绕着你家房子转来转去。然而，我越是燃起火焰，你越是冷淡下去。你躲我，怕我，以至恨我。

你能觉察被恋人憎恨的男人的心情吗？我的苦闷变成哀叹，哀叹变成怨恨，怨恨浓缩为复仇之念……难道这不正常吗？

你趁家里出事之机，一声招呼也不打便逃也似的从我眼前消失了之后，我一连几天不吃不喝关在书房里，并发誓要报复你。

我年纪还轻，不知如何寻找你的下落。你负债累累的父亲一下子消失不见，对任何人都没有告知行踪。我不知道何时我才能见到你。但人生漫长，无论如何不能设想此生此世都见你不到。

我家境贫寒，需劳作方可糊口。这也是彻底找你的一大障碍。一年、两年，光阴箭一般飞逝，而我同贫困的战斗仍无尽头。劳作的艰辛，使我不知不觉忘却了对你的怨恨，我只顾干活糊口。

大约三年前，始料未及的幸运从天而降。我在任何职业都求告无门、山穷水尽的时候，写了一篇小说来消愁解闷。不料歪打正着，我得以靠写小说维持生计。你现在仍看小说，大概会知道大江春泥这个侦探小说作家。虽说他大约一年前什么也不再写了，但世人还不至于忘记他的名字。那个大江春泥就是过去的我。

你以为我会沉溺于小说家的虚名而忘记对你的怨恨吗？不不，可以说，那通篇腥风血雨的小说，正是因为我心里深藏对你的怨恨才写出来的。那种猜疑心，那种执着，那种残忍，无不来自我不屈不挠的复仇心理。如果我的读者得知，必为书中弥漫的妖气而战栗难禁。

静子，生活安定下来的我，只要钱和时间允许，就一再寻你不止。当然，我并不奢望找回你的爱。我已有妻子——为方便生活娶的形式上的妻子。对我来说，恋人和妻子截然不同。就是说，娶妻并不意味着我忘却了对恋人的怨恨。

静子，现在终于找到你了。

我高兴得浑身发抖。实现我多年愿望的时机到了。长期以来，我以和构思小说情节同样的兴奋，构思了报复你的手段，反复设想了最使你痛苦和惊惧的办法。现在付诸实施的机会终于降临了！试想我有多么欣喜！你无法求助警察及其他保护来妨碍我的计划，我已作好一切准备。

近一年时间里，报社记者、杂志记者都传说我下落不明。那样做并非为了报复你，只是一种出于我不喜见人而喜神秘韬晦之策，不料竟派上了用场。我将更为巧妙地从世上消失，而步步为营推进针对你的复仇计划。

你肯定想知道我的计划,但眼下还不能全部透露,因为恐怖愈是逐渐逼近效果愈佳。

不过,若你硬要询问,我也不那么小气,不妨就我的复仇大业透露一二。例如,我可以告知四天前即1月31日夜晚你家里发生的有关你的所有日常琐事,且毫厘不爽。

午后7:00~7:30,你歪在你们卧室的小桌上看小说。看广津柳浪的短篇集《变目传》,只看完其中的《变目传》一篇。

7:30~7:40,命女佣上茶点,吃"风前月下"两个,喝茶三杯。

7:40,如厕,五分钟后折回卧室。由此至9:10,一边打毛线一边沉思。

9:10,丈夫归宅。9时20分许至10时多,陪丈夫喝酒、闲聊。你在丈夫的劝说下喝了大约半杯葡萄酒。葡萄酒刚启封,杯里就有一小片软木屑,你用手指夹出。喝罢酒命女佣铺被,两人如厕后就寝。

至11时两人均未睡。当你重新返回自己铺位时，你家慢了的自鸣钟打响11点。

看了上述如列车时刻表般精确的记录，你不能不感到惊恐吧。

此致

夺走我终生之爱的女子

复仇者
二月三日深夜

"以前我就知道大江春泥这个名字，但不知道他就是平田一郎。一点都不知道。"静子面带羞赧地解释道。

实际上我们作家同行也很少有人知道大江春泥的真实姓名。如果不翻看书的后记，不是经常来访的本田原名提起他，我恐怕也很难知道平田这个名字。他便是这样一个不喜与人交往不喜出头露面的人。

平田的恐吓信还有三四封，均大同小异（邮戳上的发信局均不同），一律在复仇咒语之后，不厌其烦地以准确时间记录静子某夜的一举一动。卧室里的秘密更是被描述得淋漓尽致,栩栩如生,任何隐私都休想逃过。甚至令人脸红的某个动作、某句话都毫不留情地照录不误。

给别人看这样的信,静子不知何等羞赧和痛苦。不难想象,若非迫不得已,她是不会对我谈论这些的。这一方面说明她多么害怕丈夫小山田知晓她过去的秘密即婚前已非处女这一事实,另一方面也说明她对我多么信赖。

"我除了丈夫方面的亲戚,没有一个亲人,没有一个好友可以商量这样的事。我也知道这样做冒昧得很,但总觉得若跟您相商,您大概会指点迷津。"

听她这么一说,我高兴得胸口扑扑直跳:这般美貌女子竟如此依赖于我!她之所以和我商量,肯定是因为我与大江春泥同是侦探作家,而且至少小说创作方面是个相当老到的推理能手。不过,也还因为她对我相当信赖和怀有好感,否则她是不会找我商量这种事的。

我接受了静子的请求，答应尽力帮忙。

大江春泥能如此详尽地得知静子的言行举止，肯定采用了这样的手段：收买小山田家的佣人；亲自潜入宅内埋伏在静子身边或类似的恶作剧。从历来作风来看，春泥是完全干得出这种古怪事情的。

我问静子是否有所察觉，奇怪的是，她说毫无蛛丝马迹可寻。一来佣人都是知根知底并长年住在宅内的，二来丈夫对大门和围墙等格外神经质，修筑得牢不可破。再说，即使有人潜入院内，也几乎不可能不被佣人发现而径直靠近静子所在的里面房间。

不过说实话，我根本不相信大江春泥有如此本事。他充其量是个侦探小说作家，能干得了什么呢！顶多用他拿手的文字写几封信搞得静子惶惶不安罢了，更大的坏事他哪里做得来！

他将静子的举止探得如此具体，固然是个不大不小的疑问，但也无非用他那灵机一动的魔术般的惯用伎俩，没费多少事从别人口里打听出来的，如此而已。于是我道出这个想法安慰静子，并且说，我自有办法找到大江春泥的落脚处。如果可能，设法说服他别再继续这种无聊勾当。我就这样把静子劝了回去。

较之就大江春泥的恐吓信推敲来推敲去，我觉得还是尽量好言抚慰静子为妙。当然也是因为后者令我高兴的缘故。临告别时，我进一步说道：

"此事恐怕还是不告诉你先生为好。事情并未严重到你非牺牲自己秘密不可的地步。"

愚蠢的我还想尽量长久享受两人单独商谈她丈夫都不知晓的秘密的乐趣。

不过寻找大江春泥落脚处这件事，我是打算付诸行动的。我向来就甚为厌恶同自己风格正相反的春泥。他以充满简直发臭的女人猜忌心理的车轱辘话博得变态读者喝彩，并为此踌躇满志。这使我十分反感。所以，我甚至觉得正好可以借此事揭露其卑鄙行径，让他好好出个洋相。可我没有料到寻找大江春泥的下落竟那般困难。

3

如信上所说,大江春泥是大约四年前异军突起的侦探小说家。

他的处女作一发表,就令当时几乎没有日本人自己写的侦探小说的读书界大为惊奇,马上好评如潮。夸张地说,他一跃成为读书界的宠儿。

他并非多产作家,却接二连三在各种报刊上发表新作。每一篇都那么凶险邪恶,那么充满血腥,那么可厌可怖。看两三行就叫人起鸡皮疙瘩。但这反而成了吸引读者的魅力,一时大行其道。

我是从以往的少男少女小说转而创作侦探小说的,起步时间和他差不多,在人数稀少的侦探小说界也是相当知名的人物。但风格可以说同大江春泥截然相反。

较之春泥阴暗、病态、黏黏糊糊的风格,我的作品则开朗明快,贴近日常生活。于是我们势之所趋地展开了奇妙的创作竞赛,甚至互相贬低对方。不过令人气恼的是,贬低大多来自我这方面。春泥偶尔也反驳我的指责,但总的说来是超然物外地保持沉默,只管不断发表内容恐怖的作品。

贬低归贬低,实际上我也不得不感叹他作品中充满的那种妖气。他具有一种类似不燃不灭的阴火般的激情。其莫名其妙的魅力使读者为之倾倒。倘如信上所云乃是出自对静子根深蒂固的怨恨,倒也并非不可以理解。

坦率地说,在他作品赢得喝彩的时候,我不由产生一股不可言喻的嫉妒,甚至怀有不无孩子气的敌意,心底一角总是盘踞着一个念头——无论如何都得把这小子打翻在地。

不料,大约一年前他突然不写小说了,所居何处亦罩上一团迷雾。而这并非由于人缘已衰,杂志记者们到处找得团团转。但不知何故,他就是如泥牛入海。虽说我不欣赏这个人,一旦不见了,却也有点寂寞。说句小孩话,没了好对手让人没劲儿。

现在，小山田静子带来了大江春泥的最新的、极为离奇的消息。说来让人见笑，我心里暗暗高兴：在如此奇妙的情况下老对手重逢了。

不过，大江春泥将用来编织侦探故事的空想转而付诸行动也是势所必然的结果。

正如有人说过的那样，他是一个"空想型犯罪生活者"，这点一般人想必也都知道。他以一种同杀人狂完全相同的兴致、完全相同的亢奋在稿纸上展开自己血淋淋的犯罪生活。

读者大约记得他小说中那种挥之不去的异乎寻常的妖气，记得他作品中无所不在的悖乎常理的猜忌心、嗜虐性、秘密癖。在一篇小说中他甚至吐露了下面一段令人毛骨悚然的话：

　　对他来说，无法仅从小说写作中获得满足的时候大概终于来临了。他厌倦了这个世上的乏味与平庸，因而至少在纸上玩味他怪诞的空想。这是他开始写小说的动机。而现在他对小说也厌倦起来。往下他究竟该如何寻求刺激呢？犯罪，啊，剩下的唯有犯罪！在一切都已做尽的他的面前，剩下来的只有犯罪那无比甘美的战栗！

在作为作家的日常生活中，他也表现得极其古怪。他的厌人症与秘密癖在作家同行和杂志记者中无人不晓。来访者极少能进入他的书房。纵使老前辈来临，他也毫不客气地让人家吃闭门羹。他还经常搬家，一年到头都称有病在身，作家聚会他也从未露过面。

据说，无论白天黑夜，他都躺在永不收拾的铺盖里，无论是吃饭还是写作全都躺着。大白天他也不开窗户，只点一个五烛灯泡，在若明若暗的房间里辗转反侧，张开他那特有的可怖的幻想之网。

我曾暗自思忖过，他停止写作且下落不明之后，说不定如其常在小说中说的那样，在浅草一带脏兮兮的小胡同找窝住下，开始实施他的奇思怪想。果不其然，不出半年，他便作为一个幻想实行者出现在我面前。

我想，要弄清春泥的去向，最快捷的途径是询问报社文艺部或杂志的外勤记者。但春泥日常行动甚是怪异,极少会见来访客人,加之杂志记者已基本找过他一遍了,所以必须找一个同他关系相当亲密的记者才行。幸好,我所熟识的记者当中有一个正合适。

那是一个姓本田的博文馆外勤记者,是这方面出名的精明人物。有一段时间他几乎成了春泥承包人,专门负责向春泥组稿。加之他毕竟是外勤记者,侦探本领也十分了得。

于是,我打电话请本田来,首先向他打听春泥的生活情况。本田简直像称呼游戏伙伴似的称呼春泥:

"春泥吗?那家伙真不像话!"本田如财神般嘻嘻笑着,痛痛快快回答我的问话。

本田介绍说,春泥开始写小说时在郊区池袋租小房子住,后来出了名,随着收入增加而频繁地搬来搬去,住的房子也越来越宽敞(但也基本都是租房子住)。本田列举了春泥约两年时间里七八个迁居地点:牛达的喜久井町、根岸、谷中初音町、日暮里金杉等等。

他迁到根岸以后,终于成了抢手货,杂志记者们蜂拥而至。他不喜见人的毛病便是从那时开始的。他们家的大门几乎总是关着,家里人好像从后门出入。

人家好容易找上门来,他也不肯见,谎称不在家,事后再去信,说自己"懒得见人,有事但请函告"。这么着,多数记者都被弄得灰心丧气,得以面见春泥说话的人,可谓屈指可数。就连对小说家的癖好司空见惯的杂志记者,也为春泥不喜见人感到束手无策。

不过,好在春泥的太太委实贤惠之至,本田大多通过这位太太交涉和催促稿件。

但是见这夫人一面亦非易事。春泥家不仅大门紧闭,还在门上挂着措辞严厉的字牌,写道诸如"病中谢绝会客""外出旅行""杂志记者诸君:索稿请来函明示,恕不会面",如此不一而足。就算本田也奈何不得,不止一次徒劳而返。

因其为人若此,迁居也并不一一发信告知,所有记者都必须以邮件为线索四下寻找。

"能跟春泥说上话或跟他夫人开玩笑的人,在众多记者中恐怕除我之外别无他人。"本田炫耀道。

"春泥这人,看照片倒是蛮英俊的。真人如何?"我好奇心渐渐上来,这样问了一句。

"哪里,照片恐怕是弄虚作假。他本人说是年轻时照的,很令人怀疑。他哪里有那样英俊。胖得圆滚滚的,可能是总躺着不运动的关系吧。他虽然胖,脸上的皮肤却松松垮垮,毫无表情,眼珠浑浊,感觉上跟那土佐卫门差不多。而且他非常不擅长也不愿意说话。我都觉得纳闷,这样的人怎么竟能写出那么出色的小说呢!

"宇野浩二有篇小说叫《癫痫人》吧,春泥正是那副样子,躺下就不起来,都能睡出茧子。我只见过他两三次,每次他都是躺着说话。瞧那情形,传说他躺着吃饭很可能真有其事。

"对了,说来也怪,那么不喜见人、总是躺着的人,听说经常化妆在浅草一带逛来逛去,而且都是在深夜时分,活像小偷或蝙蝠似的。我估计,那小子可能极端怕羞。就是说,大概他不愿意让人看到自己虚胖的身体和那副嘴脸。他越是名声远扬,越是为不成样子的身体感到羞愧,所以才不交朋友,不见来访者,而是在夜间悄悄去混杂的小巷里闲逛。根据他的气质和他夫人的口风,我总有这样的感觉。"

本田不容怀疑地勾勒出大江春泥的形象。最后,他又向我道出一个甚是奇异的情况。

"我说,寒川,这可就是最近的事——我见到了那个去向不明的大江春泥。由于模样变化太大,我没有同他打招呼,不过那确实是春泥。"

"在哪儿、在哪儿?"我不由得反问。

"浅草公园。当时我一大早正赶着回家,也可能酒还没完全醒过来。"本田嘻嘻笑着摇了下头。"知道吧,那里有一家叫来来轩的中国餐馆,就在那个拐角。一大清早,来往行人稀少,竟有一个头戴鲜红鲜红尖帽身穿小丑服的胖子孤零零地站在那里散发广告。真像是在做梦:竟是大汇春泥。我忽然一怔,正犹豫是不是该打招呼时,对方大概也注意到我了。但他仍呆愣愣的,表情毫无变化,猛地一个转身,三步并作两步径直钻到对面胡同去了。我很想追上去,但想到他那副样子打招呼反而不妙,就转念回来了。"

在听本田述说大江春泥的怪异生活的过程中,我像是从噩梦中醒来似的心情很是不快。及至听他在浅草公园戴尖帽穿小丑服站着,我不由无名火起,浑身汗毛倒立。

其小丑打扮同写给静子的恐吓信之间有怎样的因果关系呢?这我还不清楚(本田在浅草遇见春泥似乎正是第一封恐吓信寄达之时)。但不管怎样,我觉得都不能放任不管。

我没忘记从当时静子顺便放在这里的恐吓信中,尽可能选出意思含糊的一页给本田看,以确认是否真的是春泥的笔迹。

本田一眼就断定是春泥的笔迹,还以信中形容词和假名①的用法为例,指出唯独春泥才写得出来。

---

① 假名:日语字母名称,分平假名、片假名两种,多用平假名。

他以前曾经模仿春泥文笔写过小说,自是一清二楚。

"那种拉不开扯不断的笔法,还真够难模仿的。"他说。

我也赞同他的看法。完整看完他几封信,我比本田还强烈地嗅出其中散发的春泥体臭。

这么着,我胡乱编个理由,求本田务必找出春泥栖身之处。

"没问题,交给我好了!"本田保证道。

可我还是放心不下,决定自己也前往本田所说的春泥住过的上野樱木町三十二番地,察看附近情况。

4

翌日,我扔开刚写了开头的小说,来到樱木町,向附近女佣和流动商贩等人了解了不少春泥家的情况,印证了本田所言绝非无中生有。至于春泥后来去了何处,同样一无所获。

这一带门户虽少,却多是中产阶层住宅,邻居之间也不会像长筒屋居民那样交谈,除了春泥不辞而别之外,更多情况无人知晓。由于大江春泥没有挂出自己的名牌,没有人知道他就是那个有名的小说家。而且,我连为他搬家的那家公司的名字也未打听到,只好怅怅地回来。

没有别的办法,我便赶写小说,并每天抽时间给本田打电话,打听搜寻情况。但似乎毫无线索,如此五六天过去。与此同时,春泥那方面却在实实在在地实施他处心积虑的复仇计划。

一天，小山田静子给我打来电话，说发生了一件十分令人担忧的事，请我去她家一次。并说丈夫不在家，佣人中靠不住的也打发去远处办事了，只等我去。她好像没用自家电话，而是特意用公用电话打来的。话虽没有几句，但因为她说得甚是迟疑，没说完就到了三分钟时限，断了一次。

趁丈夫不在家，把佣人打发出门偷偷找我过去——这种充满诱惑的方式，使我心里有一股说不出来的滋味。我一口应允下来——当然并非完全出于这个原因——来到浅草山她的住所。

小山田家位于商店之间的纵深处，有些古旧，像过去的宿舍。从正面倒是看不出来——房后好像有隅田川流过。但有两点同旧日宿舍不相符。一是环绕房宅的大约新建的俗不可耐的混凝土围墙（墙头甚至植有防盗玻璃碎片），二是耸立在正房后面的双层洋房。二者同传统的日式建筑风马牛不相及，给人一种金钱万能的铜臭感。

递上名片后，一个乡下模样的少女把我领到那边洋房客厅。静子以不寻常的神情等在那里。

她一再道歉把我贸然叫来,之后不知何故压低声音:

"先请看下这个。"

她说着,递过一封信,并且像是害怕什么似的,眼睛向后看着凑近身来。信仍然是大江春泥来的。内容同以前有所不同,故全文录在下面:

静子,你痛苦的神情仿佛历历在目。

你瞒着丈夫千方百计寻找我的行踪,我也一清二楚。但还是死心吧,纯属徒劳。即使你有勇气把我的威胁如实告诉丈夫致使麻烦警察出动,也绝对摸不到我的下落。从我过去的作品你怕也不难看出我这人做事何等无懈可击。

言归正传。我略施小计的侦查行动,差不多该就此为止了。我的复仇计划恐要转入第二阶段。

我必须就此向你透露一点信息。我何以如此准确知晓你的言行举止呢?估计你也想出个十之八九。具体地说,从发现你以来,我就如影随形跟在你前后左右。你固然无论如何都无法看见,而我则无时无刻不在监视你,不管你在家还是外出。我已经彻底成为你的影子。即使现在你看信发抖的样子,身为你影子的我说不定正在哪个墙角眯起眼睛密切注视。

亦如你所知,我夜复一夜观察你一举一动时间里,当然没法不看到你们夫妇的亲密光景。不用说,我不由得涌起无可遏止的妒意。

一开始我没有把这点考虑在内。但这——妒意不但丝毫妨碍不了我的计划,反而火上浇油,使我的复仇之心愈发熊熊燃烧。而且让我明白过来:为了更充分达到我的目的,我要对自己的计划略加变更。

变更的确不大。按原定计划,我准备极尽折磨、恫吓你之能事,慢慢将你置于死地。而近来目睹了你们夫妇的和睦,转而认为须在害死你之前结果你心爱的丈夫,就在你眼前进行,让你痛不欲生。然后再对你下手。这样岂不更解恨!对,就这样干!

不必慌,我做事向来不急。何况在你看完信尚未充分遭受折磨时就进入下一步,未免太便宜了你。

此致

  静子女士

复仇者
三月十六日深夜

  读罢这封狠毒至极的信,我也禁不住一阵怃然,觉得自己对于大江春泥这个禽兽的憎恶陡然增加了几倍。

  但是,如果我惊慌失措,又有谁来安慰可怜巴巴的静子呢?我强作镇静,反复劝导说恐吓信无非小说家的异想天开。

  "请先生说话声音再低一点!"

  静子好像被别的什么所吸引,没有听进去我的热心劝导。她不时凝视什么地方,竖起耳朵,并像担心被人偷听似的压低声音,嘴唇已失去血色,同青白的脸色差不多。

"先生，我脑袋是不是出问题了？那种事可是真的？"静子悄声嘀咕着莫名其妙的话，真像是神经错乱了。

"发生什么了？"受她的影响，我的声音也不知不觉低了下来。

"平田在这屋子里。"

"屋子哪里？"我吃不透她的意思，茫然问道。

旋即，静子毅然立起，脸色发青，招手叫我过去。看得我也不由得亢奋起来，尾随而去。走了几步，她注意到我戴着手表，不知何故叫我摘下放在桌上。之后，我们蹑手蹑脚穿过很短的走廊，走到日式房子那边，来到静子的起居室。开隔扇时，静子显得很惶恐，好像隔扇里边藏有什么怪物。

"不对呀，大白天那个人怎么可能爬进来呢，怕你弄错了吧？"

我刚开口，她吓一跳似的打手势制止，拉着我的手走到房间一角，眼睛看着天花板朝我示意，像是叫我别出声注意听。

我们在那里静静对视，一动不动站了十来

分钟。

虽是白天,但由于房间位于大房子的深处,所以什么动静也没有,安静得几乎听得见耳底血液流动的声音。

"没听见表咔咔走针声?"过了一会儿,静子用低得难以听清的声音问我。

"没有。表?哪里有表?"

静子再次沉默,侧耳倾听片刻。这回像是放下心来。

"再听不见了。"

她又把我领回洋房刚才那个房间。开始以异常急促的呼吸,向我讲述以下奇异的遭遇。

当时,她正在起居室缝东西,女佣拿着上面抄录的那封春泥的信走进来。这段时间,她看一眼信封就知道是他来的,接过来心烦得不行。但不看更是烦躁不安,只好战战兢兢打开信。

得知事关丈夫安危,静子再也坐不住了。她不由自主地起身走到房间角落。当她站在立柜前面时,好像听见头顶上传来类似蛴螬虫微弱叫声的动静。

"我以为是耳鸣,但耐着性子细听起来,的的确确有声音传出,咔哧咔哧,像金属对磨发出的,跟耳鸣不一样。"

这只能认为,头顶天花板上有人潜伏,声音是怀表走针声。

由于她耳朵碰巧离天花板较近,加之房间非常静,所以神经高度兴奋的她才得以听见天花板内微乎其微的声音。也可能位于不同角度的表声由于光线反射那样的道理而听起来仿佛是从天花板传来的。于是我把房间边边角角全部查看了一遍,但没发现有钟表。

她蓦然想起信上写道:"即使现在你看信发抖的样子,身为你影子的我说不定正在哪个墙角眯起眼睛密切注视",随即她注意到恰恰那里的天花板略微翘起,出现一道裂缝。她觉得春泥的眼睛好像在一团漆黑的裂缝里边闪着长长的细光。

"是平田先生在那里吧?"

这时,静子突然感到一阵异常的冲动。她以毅然投身虎口的心情，扑簌簌流着泪向天花板里的人说起话来：

"我自己怎么样都无所谓。只要你满意，随你怎么处置都可以，死在你手里我也毫无怨言。只请放过我丈夫。我已经向他说了谎，再让他为我丢了性命……我实在怕极了。饶了他吧！"

她这样恳切地低声苦苦哀求。

但上面全无回音。一时的冲动平息后，她失魂落魄地久久伫立不动。依然只有微弱的表针声从天花板传来，此外不闻任何声响。阴兽在黑暗中屏息敛气，如哑巴一样默不作声。

对于这异乎寻常的寂静，静子突然感到极端惊恐。她猛然逃出起居室，再也无法在家中待下去，懵懵懂懂出到门外。她突然想起了我，迫不及待地走进那里的公共电话亭。

听静子讲述过程中，我不由想起大江春泥那篇令人惶悚的小说——《阁楼里的游戏》。假如静子听到的表针声不是错觉，而是因为春泥藏在哪里，那么等于说春泥将那篇小说的意念依样付诸实施。而这并不费解,春泥是干得出这种事的。

我读过《阁楼里的游戏》,正因如此,我无法将静子这段听起来不无离奇的遭遇一笑置之。并且我自己也不禁产生一股强烈的恐惧感,甚至觉得那头戴鲜红尖帽身穿奇特的臃肿的大江春泥正在黑暗的阁楼里咧嘴奸笑。

5

我和静子商量来商量去,最后决定由我像《阁楼里的游戏》中那个门外汉侦探一样爬上静子起居室的天花板,以确认里边是否有人进去过;若有,确认从何处出入。

静子说那怪怕人的,再三劝阻。但我没有理会,一如春泥小说所示,掀开壁橱上面的天花板,像电工那样钻进洞去。也巧,宅内除了刚才迎我的少女别无他人,而少女也好像在厨房那边干活,无需担心被人发觉责怪。

阁楼里根本不像春泥小说里写得那么漂亮。

虽然是旧房子,但由于年末大扫除时已雇人把天花板拆下彻底洗过,所以脏得不是很厉害。但毕竟积了三个月的灰,蜘蛛网也结了。问题首先是里面一片漆黑。我打着静子家的手电筒,顺着横梁靠近发出声音的地方。这里有条缝隙，大概是灰水清洗致使木板翘起造成的。我发现它是因为下面有淡淡的光线射进。但爬了不到三尺，一个发现让我心里一惊。

说实话，我尽管这样爬上来了，但没以为会有什么。不料静子的想象绝对不错：横梁和天花板上的确有痕迹表明最近有人出入。

我打了个寒战。我知道那篇小说，想到那个从未见过面的毒蜘蛛般的大江春泥和我同样在天花板里爬来爬去，一股无可名状的战栗朝我袭来。我浑身僵挺地按照梁灰上残留的手印和脚印向前搜寻，发现在发出表针走动声音的地方，果然灰尘乱得一片狼藉，说明有人长时间在此停留过。

我开始如醉如痴地追索春泥（大约是春泥）其人的遗痕。看上去他几乎走遍了整座房子的天花板，到处都留下了他的痕迹。静子起居室和静子夫妇卧室天花板缝隙那里的灰尘，更是一塌糊涂。

我模仿阁楼游戏者往下面房间窥视。原来春泥乐此不疲也自有其道理。从天花板缝隙所能见到的

"下界"光景,简直不可思议得超乎想象。尤其目睹正在我眼下垂头丧气的静子时,我实在吃了一惊:人这东西因视角不同竟显得如此异样!

我们总是被人侧看,所以无论怎么注意自己形象的人,也想象不出来自己被从头顶看时呈怎样的形体。这里边应当有明显的疏漏可循。唯其有疏漏,毫无掩饰的原原本本的人才会显露不甚得体的部分。静子那油光光的圆发髻上(从正上方见到的发髻,就其形状而言即已相当奇特),在前发与发髻之间的凹处积有灰尘——尽管很薄——脏得同其他完美部分无法相比。而且在连接发髻的脖颈下端,由于是从正上方窥看衣领和脊背之间形成的谷底,竟可瞧见脊背上的凹窝,滑腻清白的皮肤上那条惨不忍睹的红痕活生生一直伸向黑得看不见的深处。从上面目睹的静子多少有失品味,然而她原有的某种不可思议的挑逗性却愈发汹涌地给我以冲击。

但当务之急是查看是否留有证据来证明乃大江春泥所为。我压低手电筒光,在横梁和天花板上四下查看,但手印脚印都很模糊,指纹更无从辨认。

春泥一如《阁楼里的游戏》，没有忘记准备袜子和手套。

只有一个收获：正好在静子起居室上面，有一根从横梁吊起天花板的撑木，在撑木底端不起眼的地方，落有一颗鼠灰色的小小的圆东西。原来是一枚磨砂金属扣，形状如光泽黯淡的碗，表面浮雕着这样几个字母：R·K·BROS·CO·。

我拾起扣，脑际马上掠过《阁楼里的游戏》中那个衬衣扣。但这东西作为衬衣扣则不太像。无法断定。过后给静子看，她也一味摇头沉思。

不用说，春泥从何处钻入天花板这点，我也详细查看了。

我顺着灰尘杂乱的痕迹继续向前寻找。痕迹在房门旁边的储藏室上方终止了。储藏室的天花板很粗糙，往上一搬，很容易就拿开了。我踩着里边扔着的破椅子下来，从内侧试开储藏室门。门没上锁，一下子就开了，紧贴门外，是一道比人略为高出的混凝土围墙。

估计大江春泥瞅准这地方没人通过，翻过围墙

（前面说过，墙头上植有玻璃碎片，但对于预谋性入侵者来说算不得什么），从这个没上锁的储藏室悄悄爬上阁楼。

如此完全弄明白了，我倒有点兴味索然。我心里很蔑视对方，心想，这种小伎俩充其量也就是不良少年那个水平。莫名其妙的恐惧感顿时消失，唯有实实在在的不快剩留下来（后来明白，如此蔑视对方是个天大的错误）。

静子怕得跟什么似的，提出既然自己不能顶替丈夫，那么是否应该牺牲自己的秘密，麻烦警察出动。而我由于已开始蔑视对方，遂劝说不必。事情不至于荒唐到《阁楼里的游戏》所描述的那样，罪犯从天花板把毒药吊放下来。何况就算爬到天花板里，也是杀不了人的，如此弄得人六神无主，完全出于大江春泥特有的幼稚，这般虚张声势，岂非他的惯用伎俩！只不过一个小说家而已，很难设想有更多的实际能耐——我这样劝慰静子。见她这么害怕，也是出于安慰，我保证说我会托一个喜欢做这种事的朋友每天夜晚监视储藏室那里的围墙。

静子说，幸好洋房二楼有一间供客人用的卧室，她准备找个借口，暂时用作夫妻卧室，因为洋房没办法从天花板缝隙窥视。

两个对策是第二天实施的。然而，这种姑息手段阻止不了阴兽大江春泥可怕的魔掌。两天后的三月十九日深夜，如其事先警告的那样，他终于抛出了第一个牺牲者，小山田六郎气绝身亡。

6

大江春泥在信上补充说要杀害小山田时,有这样一句话:"不必惊慌,我做事向来不急。"可他为什么这么迫不及待地仅隔两天就下此毒手了呢?那封信的目的很有可能是故意让静子放松警惕,以便出其不意地下手。但我忽然怀疑有别的原因。

静子听到表针声,相信春泥藏在阁楼里,流泪恳求饶小山田一命——听她这么说时我就担心,春泥得知静子如此一往情深而更加妒意大发,同时意识到自身处境危险,从而改变主意:既然你那么疼爱丈夫,那就不再拖了,马上干掉。话说回来,小山田六郎横死事件,是在极其反常的情况下发现的。

接到静子通知,我当日傍晚赶到小山田家,这才听得整个情况:小山田前一天同平时也没什么两样,比往日稍早一点从公司回到家,晚饭后他说要去河对面小梅町一个朋友家下围棋。由于天气暖和，他只在夹衣外面披上了件短外褂，没穿大衣就一晃儿出门了。时间是晚间七点左右。

地方不远，他像往常那样半是散步地绕过吾妻桥，沿向岛堤走去。他在小梅町的朋友家大约坐到十二点，同样步行往回走——至此情况一清二楚，再往下就无从知晓了。

静子等了一夜未见丈夫回家，加之接到大江春泥的恐吓信不久，她如坐针毡，没等挨到天亮就赶紧给丈夫可能去的地方打电话询问，但毫无结果。我这里当然也打来了电话。不巧我头天晚上就没在家，傍晚才勉强回来，根本不知道出了这么大的事。

上班时间到了，小山田也没有去公司上班。公司也想尽一切办法到处找他，但全然不知下落。快到中午的时候，象潟警察署打来电话，告知小山田已经横死。

从吾妻桥西头、雷门电车站往北走不远下得土堤那里，有个往返于吾妻桥和千住大桥的公共轮船码头。那是自一分钱船票时代就已闻名的隅田川特色建筑，我时常——尽管没什么事——乘机动船从这里往返言问或白须之间。轮船商人每每把绘本和玩具什么的带上船来，用那无声电影解说员般的嘶哑语声合着螺旋桨声响介绍商品——我非常非常喜欢那种古色古香土里土气的味道。这轮船码头，就像浮在隅田川上的四方船，无论候船室的椅子还是客用便所，全都固定在摇摇晃晃的船上。我进过一次那便所，知道是什么样子。虽说是便所，其实也就是一个妇人用桐木箱那样的东西，在木板上开一个长方孔，大川河水就在下面不到一尺的地方哗哗流淌。

一如火车或船上的厕所，不会有脏东西，说干净倒也干净，但从开成长方形的洞口定定往下看去，深不见底的青黑色的水沉淀不动，不时有残渣剩饭等东西如显微镜中的微生物一样从洞口一端闪出，慢悠悠消失在洞口另一端，给人以一种奇异的惧怵感。

三月二十八日早上八点左右，浅草仲见世一个准备去千住办事的商家妇女来到吾妻桥轮船码头，在等船的时候走近便所,刚进去就惊叫一声跑出来。

检票的老伯问是何故,妇女说正对便所长方形洞口的蓝色河水里,有一张男人脸往上看她。

检票的老伯起始以为是船老大什么人恶作剧(此类水中风化事件偶尔也是有的)。待他进便所一看,果见距洞口不过一尺的下面赫然浮着一张人脸。随着水波晃动,那张脸时而隐去半边时而整张现出,简直像带发条的玩具,可怕极了——老伯事后说。

老伯看清是一具死尸,立时惊慌起来,大声招呼码头的年轻人过来帮忙。

候船的乘客中也有豪爽的鱼铺伙计等人,帮年轻人一起打捞尸体。但从便所内怎么也捞不上来,他们从外侧用竿子将尸体捅到宽敞的水面。奇怪的是,尸体竟只穿一条裤衩,浑身赤条条的。

死者四十岁上下,长相不错,看上去又不像兴之所至地在这隅田川里游泳来着,令人惊异。再细看,背部好像被刃器刺过。就溺死者来说,却没怎么呛水进去。

等到明白不是普通溺死者而是杀人事件,轰动愈发不可收拾。往上打捞尸体时,又发现一桩奇事。

接到报警后迅速赶到码头的花川户派出所的警察,指挥码头年轻工人揪着死者乱蓬蓬的头发往上拉。死尸的头发竟一下子从头皮上剥落下来。

年轻人吓得"哇"一声松开了手。死者落水好像没多长时间,头发怎么会迅速剥离呢?莫名其妙。再仔细一看,死者本人的脑袋整个光秃秃的,他戴的原来是假发。

这就是静子的丈夫、碌碌商会董事小山田六郎死时的惨状。

也就是说,小山田的尸体是被剥光后又被人把蓬蓬松松的假发套在秃脑袋上才扔到吾妻桥下的。而且,尽管尸体是在水中发现的,却没有呛水的迹象,致命伤是背后左肺部位受到的利器刺伤。此外还有几处浅些的刺伤。由此看来,犯人肯定刺错了好几次。

据法医鉴定,受致命伤的时间应在后半夜一时许。由于尸体没有衣服没有携带物,弄不清是何处的何人,警察也很为难。好在中午时分出现一个认识小山田的人，马上给小山田家和碌碌商会打去电话。

傍晚我来到小山田家时，小山田家的亲戚、碌碌商会的工作人员以及死者友人等都已赶到，家中非常拥挤。静子说她刚从警察那里回来，此时被这些来吊唁的客人围在中间，一脸茫然。

根据情况，小山田尸体可能要解剖，所以警察尚未交还。祭桌前用白布罩起的台上放着一个赶制的灵牌，并且庄重地献上了香和鲜花。

我从静子和公司人口中得知小山田尸体被发现的经过。两三天前我还蔑视春泥，不让静子去找警察，而现在却发生了如此凶案。想到这里，我既羞愧又后悔，坐立不安。

我认为凶手除了大江春泥别无他人。春泥肯定在小山田从小梅町棋友家出来走上吾妻桥时，把他带到轮船暗处将其残杀，然后将尸体投进河里。无论从时间上来说，还是从本田说春泥曾在浅草一带游荡这点来看，凶手都必是春泥无疑。何况他本人已发出预告要杀小山田。

可是，小山田为什么会赤身裸体呢？为什么头戴怪模怪样的假发呢？假如这也是春泥所为，他何苦无聊若此呢？真是不可思议。

为了就只有静子和我两人知道的秘密交换看法，我找机会把她叫到另一个房间。静子就像正盼着似的，朝在座客人点点头，匆匆跟我出来。等别人看不见了，她低低叫了声"先生"，就一下子扑到我的怀里，目不转睛地盯着我胸口那里。随即长长的睫毛闪出泪花，眼睑之间鼓胀起来，淌出大大的水珠，顺着青白的脸颊一下下滑了下来。眼泪接连不断涌出，一滴滴流淌不止。

"我不知该怎么向你道歉。全怪我马虎大意。实在没想到那家伙竟说干就干。是我不好，我不好……"

我也不觉悲从中来，拉起静静哭泣的静子的手，鼓励她似的紧紧握住，反反复复道歉。（我接触静子肉体，那时是第一次。尽管是那种时候，我还是确切意识并且永远忘不了她手尖那不可思议的感触——尽管那般苍白无力，却又好像指芯那里有火燃烧一般热乎乎富于弹性。)

"你向警察说了恐吓信的事吗?"良久,我等静子止住哭泣后问道。

"没有。我不知怎么办才好。"

"就是说还没说?"

"嗯,我想跟您商量一下。"

事后想来觉得奇怪,我那时仍握着静子的手。静子也只管叫我握,扑在我怀里似的站着。

"你当然认为是那个人干的吧?"

"嗯。还有,昨晚又出了件怪事。"

"怪事?"

"我不是到洋房二楼去睡了吗,原以为这样可以放心了,再不怕被人偷看。没想到好像那个人还是窥看来着。"

"从哪里?"

"玻璃窗外。"接着,静子眼睛睁得大大的,一句一顿地说起来。"昨晚十二点左右我上床躺下。因丈夫还没回来,心里七上八下的,加上一个人孤零零躺在那么高的西式房间里心里有点害怕,就不由自主地扫视房间的各个角落。窗户上的百叶窗有一段放不下来，下端一尺多没有遮拦，从屋内可以看见漆黑的外面，使我很怕很怕。可我越怕越往那里看，最后发现玻璃外面模模糊糊现出一张脸来。"

"不是幻觉？"

"那张脸一晃儿就不见了。但我现在仍觉得那不是幻觉。乱糟糟的毛发紧紧贴在玻璃上，脸有点朝下，眼珠往上翻着，直勾勾瞪着我——现在好像还在我眼前似的。"

"是平田吗？"

"嗯。除了他还有谁会干那种勾当，肯定是他。"

如此交谈完后，我们认定杀害小山田的肯定是化名为大江春泥的平田一郎，而他往下又要谋杀静子，我们决定一同去找警察，请求提供保护。

负责此案的检察官是个姓系崎的法学士，碰巧他也是由我们侦探作家、医学家和法律专家等组成的猎奇会的成员，因此他以一种对待来访朋友的态度，亲切地听取了我们的介绍。否则，在我和静子同去所谓搜查本部即象潟警察署讲完情况后，由此产生的只能是检察官与被害人家属那种郑重其事的关系。

对这起奇特的案件，系崎也显得相当惊愕，同时也好像深感兴趣。他向我们保证说，一定竭尽全力调查大江春泥的行踪，并给小山田家特别配备警察加以巡视，增加巡逻次数，切实保护静子。至于大江春泥的长相，因我提醒时下张贴的肖像不是很像，他便叫来博文馆的本田，详细听取了本田记忆中的相貌。

7

此后约一个月时间里，警察全力搜索大江春泥，我也求了本田等杂志记者、报社记者帮忙，总之见人就设法探听有关春泥去向的蛛丝马迹。然而，不知春泥用了什么魔法，简直了无踪影。

若他单身一个倒也罢了，可他毕竟带着一个碍手碍脚的太太。他能在何处藏得如此隐蔽呢？莫非果真如检察官推测的那样远远偷渡到海外不成？

此外不可思议的，就是小山田遇害以后，恐吓信再也不来了。春泥难道因怕警察搜查放过本想首先杀害的静子而只顾东藏西躲？不不，这点事像他那样的人一开始就该估计得到。那么，莫不是他现在仍潜伏在东京什么地方，静静窥伺杀害静子的时机？

象潟警察署长命令手下刑警调查春泥的最后住

处——上野樱木町三十二番地（如我做过的那样）。那刑警不愧是专家，最后终于找出给春泥搬家的搬家公司（黑门町一家小店，虽说同属上野，但相距很远），于是一个接一个往下追查其所迁之处。

结果表明，春泥离开樱木町后，先后搬往本所区柳岛町、向岛须琦町等一个比一个差的地方，最后搬到了须琦町，租住一座位于两座工厂之间形同工棚的孤房。他是几个月前租下的，刑警去时他理应还住在那里，但进去一看，里面空空如也，家具什物一件也没有，有的只是灰尘，不知空了多长时间。在附近询问，因两邻是工厂，也毫无收获。

博文馆的本田亦非等闲之辈。渐渐明白门道以后，因他原本就喜欢这个行当，情绪更加高涨，竟以在浅草公园见过一次春泥为基础，组稿之余热心当起了侦探。

因为春泥曾在浅草散发过广告传单，他便首先转了附近浅草两三家广告代理公司，问是否有谁雇过春泥模样的人。伤脑筋的是，这些广告代理公司忙的时候临时雇用浅草公园一带的流浪汉，有时候让来人换上衣服只雇一天，问及长相也记不起来，只是说"你要找的也肯定是那些流浪汉里边的一个"。

于是，本田就深夜在浅草公园走来走去，一个一个察看黑乎乎树荫下的长椅，或者在流浪汉里可能投宿的场所附近特意找小客栈住下，同那里的住客交朋结友，问其是否见过春泥模样的人。辛苦固然吃了不少，但他归终一无所获，半点线索都没找到。

本田每星期都来我这里一次，讲他如何费尽心机。有一回，他依旧像财神爷似的嘻嘻笑着讲起这样一件事。

"寒川，近来我突然注意到杂耍，产生了一个绝妙的念头。你知道，最近到处流行蜘蛛女之类的魔术表演，要么是只见脑袋不见身子的女人，要么是不见脑袋只见身子那种名堂。旁边放一个长箱，分成三格。两格里躺着身子和腿——一般是女的——相当于身子往上部分的格子是空的。本该有脑袋出现在那里，却什么都没有。就是说，无头女尸躺在长箱里,却不时动一下手脚,以表示人还活着。看了叫人心里非常不是滋味,又很色情。其实那把戏很幼稚:斜放一面镜子,使后面看起来像空的似的。

"有一次我从牛达的江户川桥去传通院,在那个拐角的空地上看到了无头杂耍。只是那里的无头人不同别处,不是女的是男的,是个身穿红地闪黑光的小丑服的胖墩墩的男的。"

讲到这里,本田煞有介事地装作有点紧张,半天缄口不语。在确认已充分挑起我的好奇心之后,他才接着说下去。

"明白我的意思了吗?我是这么想的:一个人如果既把身子暴露在众人眼前又能够完全隐没行踪,一个办法就是作为这种无头人受雇于人——岂非一条绝妙的妙计?他只消把成为标志的脑袋藏起来躺上一天即可。这是大江春泥完全想得出来的魔术般的韬晦法,不是吗?何况春泥经常写杂耍题材小说,他是非常喜欢这类名堂的。"

"往下呢?"我催他继续往下说。不过本田若真的找到了春泥,未免显得过于镇静。

"于是,我马上跑到江户川桥那里。碰巧,那里还真有杂耍。我付钱进场,站到那个无头男子面前,反复思量如何能看见他的脸。后来我想,这小子恐怕一天总得去几次厕所。我就耐着性子,等他上厕所。等了一阵,原本不多的观众散去了,仅剩我一个。但我还是坚持不走。这时候,无头人'啪啪'双手对拍起来。

"我正纳闷,负责解说的人来到我跟前,说要休息一会儿,求我出去。我猜想是那回事,走到外面,悄悄绕到帐篷后头,从破缝往里一看,见无头人让解说人帮忙钻出箱子——当然有脑袋——跑到观众席裸土地板那边一个角落,哗哗尿了起来。真是好笑,刚才拍手原来是要去小便的信号,哈哈哈哈。"

"你这是说单口相声?捉弄人!"

见我有点动气,本田一本正经起来,辩解道:

"那家伙完全是另一个人,失策失策……谈谈我如何煞费苦心。为找春泥我花了多少心血,这里才介绍了一例。"

虽是闲谈,但我们的春泥搜索行动实际也是这个样子,一片黑暗,不见曙光。

但有件事这里必须补充上去。事很离奇,很可能成为破案的钥匙:我注意到小山田尸体上戴的那个假发,觉得其出处好像在浅草附近,便去那一带假发店打听,终于在千束町一家名叫松居的假发店找到了相似的。但是据店主介绍,尽管店里的假发同尸体上戴的如出一辙,可订货人并非大江春泥,而是小山田六郎本人。这岂止出乎我的预料,简直令我大吃一惊。

店主描述的顾客长相不仅与小山田完全相符,而且明确说出他姓小山田,并且假发做好后(去年快年底时)还是他亲自来取的。小山田说是要用来遮掩秃脑袋,然而身为妻子的静子却没见过他生前戴假发。这到底是怎么回事呢?我苦思冥想也解不开这个谜。

与此同时,小山田被害以后,静子(现在倒是寡妇)同我的关系愈发密切。我自然而然处于静子保护人的立场，成为她商量事情的对象。小山田家的亲属了解到我搜查阁楼那番苦心，也不好强行把我排斥出去。而对系崎检察官可谓正中下怀，甚至帮我说话，建议我常去小山田家看望，注意静子周围的情况。于是我得以公开出入静子家。

前面提过，从第一次见面时起，静子就作为我小说的读者对我怀有相当的好感，后来两人之间又有了如此复杂的关系，因此她把我作为无可替代的朋友加以依赖，实在是理所当然的事。

不时见面过程中，尤其在她丈夫死亡之后，原先她那似乎虚无缥缈苍白无力的激情、那柔弱得仿佛一触即失而又具有神奇弹性的肉体魅力，骤然带着现实色彩朝我步步逼来。特别是偶然在她卧室发现大约是外国出品的小马鞭以来，我的无可发泄的欲望如被火上浇油一般熊熊燃烧起来。

我唐突地指着鞭子问她：

"您先生骑马吗？"

她见了，陡然一惊似的脸色刹那间变得铁青铁青，旋即又刷地红得如一片火烧云。

"哪里。"她的声音极其轻微。

我也真够粗心,直到那时才解开她脖颈红痕之谜。回想起来,每次看时红痕的位置和形状都多少有所不同。当时固然诧异,但没有意识到她那位看似温文尔雅的秃脑袋丈夫竟是世所罕见的性虐待狂。

还有一点,小山田死亡一个月后的现在,再也看不到她脖颈上那道丑陋的红痕了。二者综合起来,即使不听她如实的告白,也完全可以断定我的想象不会有误。

问题是,我内心那无法忍耐的躁动在得知这一情况后愈发不可收拾。莫非——实在难以启齿——我也同去世的小山田一样,是个变态者不成?

8

四月二十日是死者忌辰。静子上完香,傍晚请来亲属和丈夫生前好友,同祈冥福。我也参加了。那天晚上新发生的两件事(尽管性质不同,但如后面表明的那样,在命运上具有奇异的联系),给了我终生难忘的强烈震撼。

当时,我同静子并排走在幽暗的走廊里。客人都回去以后我还同静子讲了一会儿两人共同的话题(搜索春泥的事)。大约十一点,亦是由于不便当佣人面打扰太久,我起身告辞,准备坐静子叫来的出租车回去。当时静子往门口送我,和我并肩在走廊行走。走廊临院,几扇玻璃窗开着,当我们从其中一扇窗前走过时,静子突然惊叫着扑到我身上。

"怎么了?看见什么了?"我吃惊地问。

静子一只手仍紧紧搂住我,另一只手指着

窗外。

我马上想起了大江春泥,心头一震,但很快弄明白了什么事也没有:窗外院子树丛间,一只白狗窸窸窣窣碰响树叶消失在黑暗中。

"狗,一只狗。没什么好怕的。"我拍着静子的肩安慰道。

在弄明白是一场虚惊之后,静子仍用一只手搂着我的后背,一股热乎乎的感觉传遍我的全身。我再也控制不住自己,一把抱过她,一口吻在她那由虎牙顶起的蒙娜丽莎嘴唇上。

也不知对我是幸还是不幸:她不仅没有推开我,我甚至感觉出她搂我的手指正小心翼翼地用力。

由于正值故人忌辰,我们格外有一种负罪感。记得两人往下再未开口,眼睛都侧向一边,直到我钻进出租车。

车上路后,我脑袋里只想着刚刚分手的静子,火辣辣的嘴唇好像仍有她的双唇,怦怦跳的胸口似乎仍留有她的体温。

在我心里,险些让我蹦跳起来的兴奋和深重的自责如复杂的针织图案交织在一起。眼睛里全然没有车窗外的景致，也不知车正往哪里行驶。

但奇怪的是，这种时候竟有个小小的物体从一开始就进入我的眼底。我满脑子只想着静子，眼睛凝视着眼前极近的地方。而就在我视线的中心点，有个不容我不注意的物体一晃一晃地动。起始我还漫不经心，但神经慢慢朝那个方向集中。

怎么回事呢？为什么自己如此注视那个东西呢？

怔怔思考时间里，我渐渐明白过来，原来我是在为这两个物体的巧合、百分之百的巧合而感到诧异。

身穿藏青色旧风衣的身材魁梧的司机，在我前面弓腰目视前方开车。从他宽厚的肩上看去，他放在方向盘上的两只手不时动来动去，粗硕的手上戴着与之不相称的高档手套，而且手套是不合时令的冬季用品。这恐怕也是吸引我目光的一个原因。但更主要的，是手套上的装饰扣……这时我才恍然大悟，我在小山田家天花板上面拾到的圆形金属制品，原来是手套上的装饰扣。

那东西我对系崎检察官也提过一句。当时由于我没带在身上,加之已判断犯人显然是大江春泥,所以检察官和我都没把它放在心上。那东西应该仍装在我冬令马甲的口袋里。

我当时根本没有想到竟会是手套上的装饰扣。看来,犯人当时是戴着手套的,以免留下指纹,却没注意到上面的装饰扣掉了。而这不是大有可能的吗?

但司机手套上的装饰扣除了证实我在阁楼里所拾为何物之外,还含有更为令人震惊的意味。不仅形状、大小极其相似,而且司机右手手套上的装饰扣也不见了,只剩下底座,这是怎么回事呢?倘若我在阁楼里拾到的东西同这底座正相吻合,那将意味什么呢?

"我说,"我突然招呼司机,"你能把手套给我看一下吗?"

司机好像被我这莫名其妙的请求给弄糊涂了,但还是减慢车速,顺从地摘下手套递给我。

我接过手套一看，另一个完整的装饰扣表面，一字不差地刻着：R·K·BROS·CO·。我愈发愕然，甚至开始产生一种奇异的恐怖。

司机把手套递给我后，仍目不斜视地驱车前进。望着他厚实的后背，我突然陷入离奇的猜想中。

"大江春泥……"

我用司机听得见的声音自言自语地说道，然后目不转睛地在驾驶席上端的反光镜中注视司机的脸，但无须说，那毕竟只是我离奇的猜想。司机映在镜中的表情丝毫没有变化，何况大江春泥也不是罗宾那样的角色。到我住处后，我多给了司机一些车费，然后问他：

"这手套扣什么时候掉的，你可记得？"

"一开始就掉了。"司机露出不解的神情。"东西相当不错，是别人送的。小山田夫人去世的丈夫送的，说扣掉了不能用了，新倒还新。"

"小山田夫人？"我一惊，慌忙反问，"就是刚才我离开的那家的小山田夫人？"

"是，是的。她丈夫在世的时候，上下班几乎都由我接送,没少承他关照。"

"那你什么时候开始戴的?"

"送给我的时候天气还冷,但手套相当高级,舍不得戴。直到旧的破了才戴,今天可是头一次。不戴手套,方向盘很滑的。可您怎么问这个?"

"啊,有点缘故的。能不能把它让给我?"

最后,我出高价买下了这副手套。进屋后,我拿出那枚在天花板里拾到的金属扣一比较,果然分毫不差,同手套上的底座一摁即合。

前面也已说过,二者会不会纯属巧合呢?大江春泥和小山田六郎同戴连品牌都一致的手套,并且脱落的金属扣同仍在手套上的底座正相吻合——这能够设想吗?

明白过来已是后来的事了。我把手套拿到银座一家在市内也属一流的泉屋洋物店鉴定,店主说这东西的做法国内很难见到,大概是英国制造的。他还告诉我,名叫 R·K·BROS·CO· 的兄弟商会在国内一家也没有。我将店主的话同小山田前年九月之前一直在海外这件事联系起来得出这样的结论：小山田才是手套的持有者，因而装饰扣也可能是小山田弄掉的。大江春泥不可能会有这种国内根本没有的、而且同小山田巧合的手套。

那么，这将意味着什么呢？

我抱头倚着书桌。"就是说，就是说……"我不停地自言自语，绞尽脑汁苦思冥想，力图从中找出新的解释。

少顷，我蓦地产生一个怪异的想法：山宿那地方是沿隅田川形成的一个又细又长的镇子，而位于隅田川地段的小山田家必然同大川水流相邻。我好几次从小山田家洋房里不经意地观望河水。而现在不知为什么，我像突然新发现什么似的从中觅出了新义，新义又反过来给我以刺激。

我模模糊糊的脑海里，浮现出一个大大的U字。

U字的左上端是山宿，右上端是小梅町（小山田棋友家所在地）。而U字的底端正相当于吾妻桥所在位置。迄今为止，我们一致认为那天晚上小山田从U右上端走出，来到U底端的左侧，在那里被春泥杀害。但是，我们可能忽略了水流这个东西。

隅田川是从 U 上端朝下流动的。较之判断尸体落水之地即遇害现场，恐怕还是这样认为较为自然，即尸体从上端被水冲下来，冲到吾妻桥下轮船码头时滞留在了那里的水流迟缓处。

　　尸体是被水冲下来的。那么，是从何处冲下来的呢？凶手是在哪里作案的呢？我越采越深地陷入想入非非的泥沼中。

9

夜复一夜,我一直思来想去。静子的魅力大约也比不上这奇异的疑惑,我竟至完全忘却了静子,陷在这想入非非的泥沼中难以自拔。

近来我也为核实一件事两次找过静子。但事一完毕,我便极为干脆地告辞,急不可耐地往回赶。对此她肯定觉得很奇怪,送我到门口时,脸上甚至漾出凄寂的神情。

五六天时间里,我委实构筑了一个庞大的推想体系。在此为避免叙述之烦,加之正好我手头有一份当时写给系崎检察官的意见书,遂略作修改,录于下面。如果不具有我等侦探作家的想象力,这东西怕是构筑不出来的,并且——事后得知——这里还存在更深一层的意义。

（前略）得知在小山田家天花板上拾得的金属物只能是从小山田手套上脱落的，不由联想迄今萦绕在我心头而不得其解的种种现象：诸如小山田尸体戴有假发；假发又是小山田亲自定做之物（至于尸体赤裸这点，由于后面叙述的原因，对我不算什么问题）；平田的恐吓信在小田遇害之后不约而同似的突然终止；小山田乃是相貌上难以看出的（当然一般情况下都很难看出）残忍的性虐待者等等。初看上去，这些事似乎是各种异常情况的偶然聚合，但细想之下，便不难明白无不反映同一事件。

意识到这点后，为了使我的推理更加确切，我开始尽可能多地收集资料。我首先去了小山田家，征得夫人应允，查看了小山田的书房，因为再没有书房更能如实表现主人的性格以至隐私的了。我顾不上夫人见怪，差不多用半天时间打开所有书橱、拉出所有抽屉细细查看。我发现所有书橱中只有一个锁得牢牢实实。经询问得知，小山田生前始终把书橱的钥匙拴在怀表链上随身携带，他遇害那天也同样是缠在布腰带上出门的。我费尽口舌才获得夫人同意，强行打开书橱拉门。打开一看，里面装满了小山田多年来写的日记、几袋文件、捆好的信以及书籍等物。我逐一细查，发现了三件与此案有关的东西。其一是同静子夫人结婚那年的日记。婚礼前三天的日记栏外，用红笔写有下列值得注意的几行字：

"（前略）余知晓平田一郎同静子的关系。但静子中途开始厌恶对方，不管其采取何种手段都未予迎合，最后趁父亲破产之机，从平田面前消失。也罢，余既往不咎。"

这就是说，小山田六郎结婚当初便通过某种渠道了解到了夫人的秘密，且一句也没有向夫人提起。

其二是大江春泥的短篇集《阁楼里的游戏》。这样的书居然出现在实业家小山田六郎的书房里，令我十分惊讶！在听静子夫人说小山田生前很爱看小说之前，我真怀疑自己的眼睛。不容忽略的是，短篇集扉页上有一张珂罗版春泥像，版权页印有作者平田一郎这个原名。

其三是博文馆出版的《新青年》杂志第六卷第

十二号。里边虽未刊载春泥的作品，但卷首插页有半张其手稿照片，尺寸和原件一样，空白处标明"大江春泥笔迹"。蹊跷的是，把那照片迎光一看，颇厚的铜版纸上有纵横爪痕样的痕迹。只能设想有人在照片上敷一张薄纸，几次用铅笔描过春泥的笔迹。我很有些害怕我的想象逐个命中下去。

同一天，我请夫人帮忙寻找小山田六郎从国外带回的手套。翻腾了好一阵子，夫人终于找出一副同我从司机手里买下的那副一模一样的手套。

当她把手套递到我手里时，露出不解的神情，说本来还应该有一副完全相同的。这些证据——日记本、短篇集、杂志、手套、在天花板拾得的金属物等——可以随时按你的要求提出。

我调查清楚的事项，此外还有很多。在解释这些之前，纵然仅从上述几点分析，也能看清楚小山田六郎乃是一个性格非常可怕的人。那副温文尔雅、老实厚道的假面具下，隐藏的竟是如此阴险奸诈的妖魔嘴脸。我们恐怕过度拘泥于大江春泥这个名字了。他那血淋淋的作品，那有关他日常生活如何古怪的情报，使得我们一开始就固执地认定作案者非春泥莫属。可他为什么彻头彻尾地失踪不见了呢？假使他是犯人不是有点蹊跷吗？恐怕正因为他是清白无辜的，正因为他那天生的厌人癖（愈是出名，厌人癖愈是极度亢进，哪怕对名声本身）模糊了世人视线，从而使搜查变得如此困难。也可能如你曾经所说，其人已逃往海外。比如正在上海某个街头巷尾吸水烟亦未可知。如果春泥真是犯人，那么他那个花费许多年时间周密、执着地制订出来的复仇计划，却以对他来说顺手牵羊的小山田遇害为界而仿佛忘掉主要目的彻底中止——这该如何解释呢？大凡读过其小说了解其日常行为的人，恐怕都觉得不大可能，觉得极不自然。还有比这更昭彰的事实：他如何能把小山田持有的手套扣掉在天花板上呢？手套是国内无法得到的外国产品，并且小山田送给司机的手套已经没了装饰扣。将这两点联系在一起考虑，能够设想潜入阁楼里的不是小山田而是大江春泥吗？不可能！（或许有人反问，若是小山田，他为何将重要物证轻率地送给司机呢？问题在于——后面将要提到——在法律上他并没犯什么罪，只不过是做了一种变态游戏罢了。所以，手套扣掉了也好，掉了留在天花板上也好，对他都无关紧要，根本无需担心它成为证据。也就是说完全不必像作案者那样担心装饰扣的脱落恐怕意味自己上过天花板。）

　　足以否定春泥作案的材料，还不止这些。上面提到的日记本、春泥的短篇集、《新青年》杂志等证据出现在小山田书房中上锁的书橱里，以及书橱钥匙只有一把且小山田将其行住坐卧均不离身这点，都证明是小山田实施了这场阴险的恶作剧。退一步说，春泥绝对不可能为了嫁祸于人而伪造这些物品并放入小山田的书橱，因为一来日记无法伪造，二来那个书橱除小山田自己，别人开不得也关不上。不是吗？

　　如此看来，我们迄今确信为犯人的大江春泥即平田一郎，从一开始就与此案无关。固然出乎意料，但只能这样认为。我们所以曾那样确信，完全是小山田六郎令人惊叹的欺骗手段造成的。富有绅士小山田居然是如此精细阴险的幼稚病患者，外表温文尔雅而在卧室中却露出狰狞的恶魔面目以外国马鞭持续抽打楚楚可怜的静子夫人，这委实令我们大感意外。然而温良的君子同阴险的恶魔同居一人心中，世上也不乏其例。不妨说，人这东西越温良淳厚，反而越容易走火入魔。

我是这样认为的：小山田六郎在以伦敦为主的三四座城市逗留了两年——他的恶癖想必是旅欧期间在那几座城市中的某一座萌发并养成的（我从碌碌商会一个职员那里听说过有关他伦敦风流事的传闻）。他前年九月回国以后，那难以治愈的恶癖开始在他所溺爱的静子夫人身上大发淫威，因为我在去年十月初次见到静子夫人时，就已发现她脖颈上触目惊心的伤痕。

此种恶癖，如同吸食吗啡，一旦染上便终生难禁，而且病情日复一日愈加严重，患者会去追求更强烈、更新鲜的刺激。今天无法用昨天的办法获得满足，明天又觉得今天的举措难以尽兴。小山田也不例外。不难想象，单单鞭打静子夫人也无法使他满足，必须寻求新的疯狂的刺激。正当那时，某个机会使他了解到大江春泥《阁楼里的游戏》这篇小说，可能是听人讲起小说怪诞的内容而想一睹为快的。总之他从中发现了不可思议的知己，找到了同病相怜者。从书被翻得那么残破这点也不难想象他何等钟爱春泥的短篇集。在这个短篇集中，春泥多次描述了在对方不知晓的情况下从缝隙窥看离群索居之人（尤其女人）是多么妙不可言。可以想象小山田对这个新发现新趣味极为好奇，甚至亲自尝试模仿春泥小说的主人公，亲自扮演阁楼里的游戏者，潜入自家天花板内窥看静子夫人独自在房间时的情景。

从小山田家的院门到楼房门有相当长一段距离，所以从外面回来时可以轻易避开佣人，潜入房门旁边的储藏室，从那里爬上天花板，爬到静子起居室的上方。我甚至胡乱猜想，小山田之所以总是在傍晚时分说去小梅町他朋友那里下围棋，目的大约是用来掩护这段阁楼游戏时间。

另一方面，如此爱看《阁楼里的游戏》的小山田发现了版权页上作者的真名实姓,开始怀疑此人大概与曾是静子恋人并必然对静子深深怀恨在心的平田一郎是同一人——这不是很可能的吗?于是,他搜集有关大江春泥的所有报道和传闻,了解到春泥和静子旧日恋人为同一人,日常生活中极不喜见外人,其时已封笔不知去向。就是说,小山田通过一册《阁楼里的游戏》而同时发现了自己怪癖的亲密知己和自己憎恶的往日情敌,并按书中情节策划了这场委实骇人听闻的恶作剧。

窥看静子独处情景,无疑大大引发了他的好奇心,但作为性虐待狂,他不可能仅仅满足于这种温吞水式做法。他发挥其异常丰富的想象力,寻求足以替代鞭打的更新更残忍的方法。终于,他想到了以平田一郎的名义写恐吓信这一绝无先例的把戏。他已经把卷头插页带有那张摄影图片的《新青年》第六卷第十二号搞到手。为了使这把戏更生动有趣更煞有介事,他开始认真模仿春泥的笔迹。摄影图片上的铅笔痕充分说明了这一点。小山田以平田一郎的名义写完恐吓信,每隔几天就从邮局寄出一封,每次去的邮局也都不同。驱车办公途中路过邮筒投一封信,自是举手之劳。至于恐吓信的内容,他从报刊上已基本知晓春泥的经历,静子的细小动作也被他从天花板缝隙看到了,不足部分他随便怎么样就写得来,毕竟他是静子的丈夫。也就是说,在同静子同床共衾亲亲密密之时,他已把当时静子的一言一行记在心里,故而写得俨然春泥窥看一样。这恶魔何等了得!通过写匿名恐吓信,他得以同时品尝到信寄给自己妻子的这一类似犯罪的乐趣以及从天花板窥看妻子读信吓得发抖时产生的恶魔的兴奋。而且,有理由相信那期间他仍在继续鞭打静子,因为静子脖颈上的伤痕在他死后才终于消失。无须说,虽然他如此虐待妻子,但绝非出于憎恶,而恰恰是因为溺爱。这种变态性欲者心理,想必你也是十分清楚的。

好了,关于恐吓信制作者乃小山田六郎这个推理就说完了。那么,不外乎变态性欲者的恶作剧何以发展成杀人事件了呢?被杀的又是小山田,而且头戴奇特的假发赤身裸体漂到吾妻桥下,这是为什么呢？他背部的刺伤是何人所为呢？如果大江春泥不存在于此案之中，那么会不会另有案犯？疑问不一而足。对此，需要进一步陈述我的观察和推理。

简而言之，小山田六郎令人发指的恶魔行径大概使得神明动怒，或者说受到了上天的惩罚。这里边没有任何犯罪，没有作案人，有的只是小山田的过失死。或许你问背部致命伤是何故所致。这点稍后解释，这里先按顺序谈一下导致我如此认为的过程。

我推理的出发点是那副假发。你大概记得从三月十七日我进行天花板探险的第二天开始，静子为避免被窥看而把卧室换到了洋房的二楼。至于静子如何巧妙说服丈夫的，小山田何以听从妻子意见的，自是不得而知。总之自那天起天花板窥视就行不通了。不过，放开来想，那时他已多少从天花板窥看腻了亦未可知。很难保证他不会趁静子把卧室换到洋房之机考虑其他方式的恶作剧，因为这里有假发套，有他亲自定做的蓬蓬松松的假发套。他是在去年底定做的，最初可能有别的用途，并非出于这个打算,而现在却意外派上了用场。

他在《阁楼里的游戏》的卷首插页上看到了春泥照片。照片据说是春泥年轻时候照的,当然不是小山田那样的秃脑袋,而是一头蓬蓬松松的黑发。所以,假如小山田从写恐吓信以及藏在阁楼里吓唬静子这些伎俩再进一步,那么他本身势必扮成大江春泥,看准静子在房间后,在洋房窗外探头探脑,从而品尝某种不可思议的快感。而要到达这个目的,他首先必须把秃脑袋这个最主要的标志掩盖起来,假发套当然再理想不过。只要戴上假发,就不会被吓破胆的静子看破,因为窗外黑乎乎的,脸等部位只消一晃即可(这样效果更佳)。

那天夜里(三月十九日),小山田从小梅町棋友处回来时门还开着。为不惊动佣人,他悄悄地绕过院子,走进洋房一楼的书房(听静子说,那里的钥匙和那个书橱的钥匙他总是拴在怀表链上随身带着)。为不使已进入二楼卧室的静子发觉,他摸黑把假发套戴上,然后出门沿树丛爬上洋房挑檐,转到卧室窗外,从百叶窗里往里窥看。事后静子所告诉我的瞧见窗外有人，就是这一次。

那么，小山田最后怎么会死了呢？回答这个问题之前，我应该讲一下我在对小山田大致发生怀疑后第二次去他家从洋房那个窗口往外看时见到的情形。窗口面对隅田川，下面几乎连檐下那么大的空地都没有，紧贴墙根就是混凝土围墙。围墙直接连接高耸的石崖。为节约地面，围墙建在石崖边上。水面至围墙顶端约有六尺，围墙顶端至窗口大约三尺。这样，倘若小山田从挑檐（非常之窄）失足落下，只有非常幸运方能落到围墙内（那里有一条仅可容一人通过的细长空地）。否则，便只能落到围墙上，再掉进隅田川。小山田所遭遇的，当然是后者。

自第一次想到隅田川水流时起，我就认定小山田的尸体是从上游漂下来的。小山田家洋房围墙外就是隅田川，并且位于吾妻桥上流，这点已经明了。这样，我猜想小山田说不定是从那里的窗口掉下来的。然而他的死因又不是溺死而是背部刺伤。这使我长时间困惑不解。

但有一天我倏然记起以前读过南波奎三郎的

《最新犯罪搜查法》中有一例同此案有些相似。因我构思侦探小说时经常拿来参考,仍记得书里边的记述。那一案例是这样的:

大正六年①五月中旬,滋贺县大津市太湖轮船株式会社防波堤附近漂一男性溺死者尸体。死者头部有创伤,似由利器所致。法医认为死于生前所受的创伤,即遇害之际被抛入水中,腹部略为充水亦是此故。于是检察官视为大案立即着手调查。为确认死者身份,警方用尽所有方法,但毫无结果。数日后,大津警察署接到京都市上京区净福寺金箔业斋藤请求搜寻其失踪的雇工小林茂的信件。他的长相和衣着与死者相符,警方马上通知斋藤来认尸体。结果判明死者即其雇工,并认定并非他杀而是自杀。死者因挥霍主人家许多钱款而留下遗书出走。他的头部所受创伤,是从航行中的轮船尾部跳入湖中时碰到了旋转的螺旋桨。

---

① 公历1917年。

若我没想起这个案例,或许不至于产生如此离奇的念头。不过很多情况下,现实都比小说家的空想更为离奇。一些似乎根本不可能的荒唐事却确实发生了。当然,我不是说小山田为螺旋桨所伤。小山田的情况同上面的案例多少有所不同,因为一来尸体根本不曾呛水,二来半夜一时隅田川极少有轮船通过。

那么,小山田背部深及肺叶的严重刺伤是如何形成的呢?到底何物刺得那般如为刃器所伤呢?不是别的,乃是小山田家混凝土墙上所植啤酒瓶碎片。植法同大门那里的一般模样,你想必也见过。那防盗玻璃片有很多极大极大的家伙遍布各处。在一定情况下,完全可以刺及肺部。小山田从挑檐跌落时撞在那上面,招致重伤当然在所难免。而且,若这样解释,致命伤四周何以有许多浅些的刺伤答案也自在其中。小山田就是这样自作自受,因其极度怪僻而从挑檐一脚踩空,碰在围墙上受了致命伤,进而掉进隅田川被水流冲到吾妻桥轮船码头厕所下面，死得惨不忍睹，蒙羞于人。以上我大致陈述了我就此案的新的解释。再补充一两点。小山田的尸体为什么会赤身裸体呢？吾妻桥一带是流浪汉、有前科者的老巢，那些人若发现死者穿有值钱的衣服（小山田那天晚上穿着夹袄外套短褂，揣着白金怀表），见夜深无人，必然把衣服剥掉。我想这个问题也就不难解答了（按：这一推想后来得到证实，当时确有一个流浪汉）。至于静子在卧室为何没有察觉小山田摔落时发生的声响，我想就此请你考虑以下几点：一是静子已被极度的恐怖弄得神魂颠倒；二是洋房的窗户是密封的且距水面极高；另外即使听见水声，由于隅田川时有泥船通宵驶过，也可能同船棹声混在一起了。还有一点需要注意，就是此案丝毫不带有犯罪色彩。尽管导致不幸，但完全没有超出恶作剧范围。否则，小山田将足以成为证据的手套送给司机、以真实姓名定做假发套、将重要证物放在自家书橱里（尽管上锁）这些愚蠢的疏忽便难以解释了。（后略）

以上抄录的是我过于冗长的意见书。穿插于此，是因为若不预先把我的推理交代清楚，下面我所写的势必十分费解。

　　意见书中我说大江春泥从一开始便与此案无关。事实果真如此吗？若果真如此，我在意见书的开始部分就其为人说得那么详细就毫无意义了。

10

  我准备向系崎检察官提交的这份意见书,据最后面所记日期,写完是四月二十八日。写完第二天我去小山田家给静子过目,把意见书首先给她看了,以告诉她再不必害怕大江春泥的幻影,只管放心。我开始怀疑小山田后也两次找过静子,抄家似的到处翻看,但还什么也没向她透露。

  当时围绕遗产问题,每天都有很多亲属围在静子身边,估计发生了不少麻烦。几乎孤立无援的静子自然格外求助于我,每次去她都高兴得不得了。这次同样被静子让到起居室,我甚为唐突地给了她一个惊喜。

  "静子,再别担心了,大江春泥么的,压根儿就不存在。"

  她当然摸不着头脑。于是我像每次写完侦探小说念给朋友听一样,为静子朗读我带来的意见书草稿。一来想让静子知道事情原委使她安心,二来想听听她的意见,以便发现欠妥之处,充分修改一遍。

提及小山田性虐待部分,文字甚是残酷。静子红了脸,一副羞愧的样子。读到手套那里,她插嘴道:"我也觉得奇怪,本来还有一双来着。"

对于小山田的意外死亡,她显得非常吃惊,脸色铁青,说不出话来。

我全部读完之后,她"啊"了一声,怅然良久,尔后,脸上泛起一丝释然,肯定是因为得知大江春泥恐吓信是匿造的,再无危险降临而放下心来。

我自以为是地猜想,静子听得小山田丑恶的自作自受,笃定多少减轻了因同我不正当交往而产生的自责之念,为得以自我辩解而暗自高兴:既然对方那么冷酷无情地折腾我,我也……

正是晚饭时间,她兴冲冲(也许我神经过敏)拿出进口酒款待我。

见她认可了自己的意见书,我自然满心欢喜,顺从地喝起酒来。不胜酒力的我很快满脸通红。而这反倒使我抑郁起来，很少开口，只顾看静子的脸。

静子虽说面色相当憔悴，但那青白乃其质地，整个身体仍充满绵柔的弹性，如阴火燃烧般的不可思议的魅力非但没有消失，那传统样式法兰绒（当时已是穿毛织品时节）包裹下的身体曲线甚至正透出迄今没有的风骚。我边打量着颤颤抖动毛织品缓缓扭动的四肢曲线，一边自寻烦恼地在心中勾勒那衣着包裹的未知肉体。

聊了一会儿，醉意使得一条妙计浮上心头：在避人耳目之处租个房子作为静子和我幽会的场所，瞒着所有人来享受两人偷情的乐趣。

见女佣离去——我必须坦白自己的丑行——我一把拉过静子，一边接第二个吻，一边双手抚摸着她的背部，把我的想法讲给她听。不料，她不但没有拒绝我的失态，还微微点头，接受我的提议。

此后二十多天时间，她和我频频幽会，度过了噩梦般糜烂的日日夜夜，我不知如何描述才好。

我在根岸御行松下那里，租了一座带土墙仓房的旧房，不在时请附近一间粗点心铺的老婆婆照看。

同静子幽会——大多是白天——就在那里进行。

有生以来我第一次切切实实领略了女人的激情和生猛。静子和我有时返回幼儿时代,像猎犬一样伸出舌头,在如同古老的魔屋一般宽敞的房间里气喘吁吁难分难解地跑来跑去。每当我要抓她,她就像海豚扭动身体,巧妙地从我手中溜出逃走。我们来回跑得上气不接下气,一直跑到死一般重叠着瘫倒在地。

还有时候闷在昏暗的仓房里,一两个小时静悄悄一动不动。如果有人在仓房门口侧耳倾听,没准会从中绵绵不断听得女人的啜泣声和其中如二重唱一样掺杂的男人粗犷放肆的哭声。

不料有一天静子从一大把芍药花束中拿出藏在里面的那条小山田常用的外国马鞭的时候,我甚至觉得有些害怕。她让我拿在手里,逼我像小山田那样抽打她的裸体。

小山田长期摧残的结果,想必使得她沾染上了那种病癖,彻底沦为情愿被人施虐的荡妇之身。假如和她的偷情如此持续半年,我也难免得上和小山田同样的病。

为什么呢，当我推辞不得而把鞭子打在她丰盈苗条的肢体上时，看见那青白色的皮肤表面当即隆起红得可怕的鞭痕，惧怵之余，甚至觉出某种奇特的愉悦。

不过我并非为了描写如此男女性事而开始记录的。日后我会把这些编进小说细细道来，这里只补加一个实情——性事当中从静子口中听得的一件事。

说的是小山田那个假发套，那确确实实是小山田特意定做的。对此类事极端神经质的他，为了在和静子卧室做游戏时掩饰不够好看的秃头而不顾静子笑着劝阻，像孩子似的刻意定做了假发套。我问静子为什么一直瞒着没说，静子答说因为羞于启齿。

如此过了二十多天后，我担心别人因自己这么久不露面生疑，便若无其事地来到小山田家找静子。拘拘板板谈了一个小时后，又由经常来往小山田家的出租车送我回家。也巧，汽车司机仍是上次卖给我手套的青木民藏，于是我被再一次拽进那场奇特的白日梦中。

除了手套，无论搭在方向盘上的手的形状，还是式样古旧的藏青色风衣（他直接穿在衬衣外面）及其挺阔的肩部，抑或前面的挡风玻璃以及上端的小镜，无不同一个月前一模一样。这使我觉得有点奇妙。

我想起上次我曾试着用"大江春泥"招呼司机。不料这一来，大江春泥照片上的脸庞、其作品荒诞不经的情节、其令人费解的生活方式，竟奇异地接连涌入我的脑海。最后，我甚至觉得他好像就挨我坐在柔软的座席上。刹那间，我稀里糊涂地随口乱问起来：

"喂喂，青木，上次那双手套，小山田到底什么时候给你的？"

"哦？"司机仍如上次那样回头，一副目瞪口呆的神情。"是啊，当然是去年了，去年十一月的……大约是在账房领工资那天吧，十一月二十八日，没错。"

"噢，十一月二十八日，是吧？"我仍在发呆，梦呓似的重复对方的话。

"不过,先生,您为什么老琢磨手套呢?手套有什么说道不成?"司机笑嘻嘻地问。

我没有回答,眼睛定定注视挡风玻璃上沾的一点点灰尘。突然,我欠起身,一把抓住司机的肩膀,叫道:

"喂喂,是真的吗?真是十一月二十八日?在法官面前你也敢肯定吗?"

汽车左右摇晃。司机边调整方向盘边说:

"法官面前?开什么玩笑!不过十一月二十八日肯定没错。证人都有的,我的助手看见来着。"青木见我一脸严肃,便也——尽管目瞪口呆——认真回答。

"那,车开回去!"

司机更加不知所措,好像有点害怕,但还是按我说的把车开回小山田家门前。我跳下车直奔房门,对那里的女佣劈头问道:

"听说去年底大扫除时,这户人家把日式房子那边的天花板全部拆下用灰水清洗过,可是真的?"

前面也已提到,这是我那次爬天花板时听静子说的。女佣大概以为我疯了,看了一会儿我的脸,但还是答道:

"是的,是真的。不是用灰水,只是用一般水洗的。灰水清洗店倒是来人了。是腊月二十五的事。"

"呃,哪个房间都洗了?"

"嗯,哪个房间都洗了。"

大概听见了动静,静子也从里面出来了。她不无担忧地看着我:

"怎么回事?"

我把刚才的问话又重复了一遍,静子的回答也同女佣一样。于是我连声再见也没好好说就钻进出租车,命司机去我的住处。我深深靠着座席背,陷入我与生俱来的、泥沼般的胡思乱想之中。

小山田家日式房子的天花板是去年十二月二十五日全部拆下水洗的。那么,饰扣掉在天花板上应该是在那以后。

但另一方面,手套已在十一月二十八日给了司机。掉在天花板上的饰扣是从手套上脱落的这点，前面已几次提及，是不容怀疑的事实。

而这样一来，等于说那只手套的饰扣没掉便已失去。

这个带有爱因斯坦物理学实例意味的奇异现象，究竟说明什么呢？我的注意力落在了这上面。

为慎重起见，我又去车库问了青木民藏，也问了他的助手。他们都肯定说，那副手套是小山田十一月二十八日送的。我又去找了为小山田家清洗天花板的人，他也肯定说天花板是十二月二十五日清洗的。他保证说，天花板统统拆了下来，哪怕再小的东西也不可能留在上边。

在这种情况下，如果仍然认为那装饰扣是小山田所掉，便只能像下面这样推断。

亦即，手套上脱落的装饰扣留在了小山田衣袋里。小山田不知道，觉得无扣手套不能用便送给了司机。那以后至少一个月后（大约三个月后，恐吓信是从二月开始接到的），小山田爬进天花板里面时，装饰扣偏巧从衣袋掉下——顺序相当绕弯。

手套扣不是掉进大衣袋而是掉在上衣口袋里，掉法很是蹊跷（因为手套大多放在大衣口袋里。而又很难设想小山田会穿大衣上去。甚至认为穿西装上去都相当牵强）。况且小山田那样的有钱人，年底穿的衣服不可能一直穿到春季。

以此为转折点，阴兽大江春泥的阴影又爬上我的心头。

莫非小山田是性虐待者这种近代侦探小说式的材料使我产生了大错特错的错觉（他用外国马鞭抽打静子倒无疑是事实）？这么说，小山田到底是被什么人杀害的？

大江春泥，啊，怪物大江春泥越来越在我脑袋里盘踞不去。

一旦萌生如此念头，一切都似乎变得可疑起来。不过是一介小说家的我那般轻而易举地推理得头头是道并写成意见书，想起来也够反常。实际上我也觉得意见书有的地方含有可笑的谬误，另外也是因为我为同静子的性事弄得神魂颠倒，草稿仍扔在那里，没有誊写。说实话，我总觉得没什么心绪。

现在看来，反倒值得庆幸。

细想之下，此案证据委实太齐全了，就像在我所去之处等着我似的任我手到擒来。对大江春泥万万疏忽不得。正如他在小说里所说，侦探在遇到过多证据时必须保持清醒。

第一，把恐吓信上足以乱真的笔迹轻率看成小山田的模仿这点岂不就十分勉强？本田也曾说过，就算春泥笔迹模仿得了，那个性鲜明的文体，作为实业家的小山田又如何学得来呢？

现在我才想起，春泥在小说《一枚邮票》中有这样一个情节：歇斯底里的医学博士夫人对丈夫深恶痛绝，遂捏造证据，说博士模仿自己笔迹伪造留言条，阴谋将杀人罪强加到博士头上。说不定，春泥在这一案件中也如法炮制，企图陷害小山田。

换个看法，此案堪称大江春泥杰作集。如天花板窥视是《阁楼里的游戏》里的情节，装饰扣物证亦是小说中的突发奇想；模仿春泥笔迹是《一枚邮票》里的情节；静子脖颈新伤暗示存在性虐待者乃《B坂杀人》里的手法。此外，无论玻璃碎片造成刺伤，还是裸尸漂到厕所下面以至整个案件，无不充满大江春泥特有的气味。

就偶然情况来看不也巧合得过于奇巧了？案件岂非自始至终都笼罩在大江春泥的巨大影响之下？我觉得自己简直像在遵照大江春泥的指示按他的模式进行推理，甚至觉得自己成了春泥的外壳。

春泥在某个地方。肯定在案件幕后忽闪着蛇一样的目光。我总有这个感觉——不是从道理上——他就在某处。

我在宿舍房间里躺在褥子上思来想去，就连肺活量大的我也被这漫无边际的推想搞得筋疲力尽。想着想着，我迷迷糊糊睡了过去，做了一个怪异的梦。愕然醒来时，一个念头浮上心头。

我顾不得深更半夜，立刻往本田宿舍打电话，让人把他叫出。

"喂，你是说过大江春泥太太是圆脸？"

本田一拿起听筒，我便劈头一句。

"嗯，是的。"本田怔了一会儿才听出是我，睡意未消地答道。

"总是梳西式发型?"

"嗯,是的。"

"戴近视镜?"

"嗯,是的。"

"镶金牙?"

"嗯,是的。"

"牙不好,脸颊总是贴着止痛膏药,是吧?"

"真够清楚的。你见过春泥太太?"

"不不,我只是问过樱木町那儿的人。你见到她的时候她也牙痛来着?"

"嗯,总那样。牙怕是相当糟糕吧?"

"是右脸吗?"

"记不清楚,像是右脸。"

"不过,留西式发型的年轻女子贴那种土里土气的止痛膏,眼下可是没有这样的人哟。"

"那是。不过,到底怎么回事啊?案子发现什么线索了?"

"唔,算是吧。详情过几天再跟你说。"

出于慎重,我把刚才问过的话又重复了一遍。

然后，我像演算几何题一样在纸上写出各种各样的图形和文字，写了擦，擦了写，几乎鼓捣到清晨。

11

由于忙于调查,经常由我寄出的商量幽会日期的信中断了三四天。静子等不及了,来了封快信,叫我务必在明日午后三时去那座房子,并抱怨道:"知道我是一个本性如此淫荡的女人,您大概厌恶我,害怕我了吧?"

接到信后我竟也上不来情绪,十分懒得看见她的脸。但我还是按她指定的时间,朝御前松下那座魔屋赶去。

虽已时值六月,但梅雨前像白内障一样灰蒙蒙的天空劈头盖脸罩在头顶,天气像发疯似的热不可耐。我下了电车,走了三四条街,腋下、脊背都沁出汗来。一摸,富士绸衬衫早已湿透。

静子比我先来一步,正坐在凉爽的仓房里的床上等我。仓房二楼铺着地毯,放有床和长沙发,摆着好几面大镜子——我们尽可能装饰得富有游戏舞台效果。静子不顾我的劝阻,无论沙发还是床,买的都是——尽管是成品——贵得惊人的高档货。

静子身穿时髦的结城绸单衣,扎一条绣有梧桐落叶的黑缎带,头上照例梳着黑油油的圆发髻,轻盈盈坐在床上纯白褥单上。洋式家具同她江户韵味的形象在若明若暗房间的衬托下形成别具一格的对比。

一瞧见她那丈夫去世后也无意改变的她喜欢的圆发髻闪着动人的光泽,眼前就不由得马上浮现出她淫乱的样子:发髻一下子歪倒,额前头发压瘪似的零乱不堪,湿乎乎的鬓发和后颈短发缠在脖子上。从这里回家前,她总是在镜前梳理乱发梳理半个小时之久。

"前几天你怎么又特意问起灰水清洗店来了?瞧你慌慌张张的样子,我心想怎么回事呢,但没想明白。"

我一进屋,静子立即这样问道。

"你不明白?"我边脱西服上衣边回答,"事情严重了,我犯了个错误。洗天花板是十二月末,而小山田的手套上的扣至少一个多月之前就掉了——手套送给司机是十一月二十八日。所以扣肯定是在那之前掉的,顺序颠倒了!"

"这——"静子显得十分惊愕,但好像仍未领悟。"可掉在天花板上,不是在扣脱落之后吗?"

"之后倒是之后,但相隔的时间是个问题。就是说,扣如果不是小山田爬上天花板时当场掉的,事情就奇怪了。正确说来的确是扣脱落之后,因为扣一脱落就该掉在天花板上并原封不动留在那里。问题是,从脱落到掉在天花板上竟相隔一个多月,按物理学规律是不是很难解释得通?"

"是啊。"静子脸色有点发青,再度陷入沉思。

"如果说脱落的扣进入小山田衣袋什么地方,一个月后偶然掉落在天花板上,也不是解释不通。但这样一来,莫非说小山田去年十一月穿的衣服一直穿到开春?"

"不不,那个人很讲究,年末换穿暖和得多的厚衣服。"

"这就对了。所以,蹊跷吧?"

"这么说,"她屏住呼吸,"还是平田……"说到这里,她闭住嘴。

"是的。在这个案件里,大江春泥的体臭味儿实在太强了,我得马上修改最近写的那份意见书。"

接着,我向她简单说了前边所提到的此案如同大江春泥杰作集,证据过于齐全,伪造的笔迹过于逼真等等。

"你恐怕不晓得,春泥的生活实在过于奇特——他为什么不见来访者?为什么总是迁居总是旅行总是称病以避免同来访者相见?最后为什么竟不惜白白花钱一直租着向岛须崎町房子不住?就算再不愿与人交往的小说家,不也是太离谱了?如果不是为杀人作准备的话,岂不是太稀奇了?"

我坐在静子身边如此说道。想到到底是春泥干的,她顿时显得惊恐起来,紧紧靠在我的身上,使劲握着我的左手,握得我痒痒的。

"现在想起来,我简直成了那家伙的傀儡,简直像是以那家伙的逻辑为样本,把他事先准备的伪证——彩排了一遍。哈哈哈哈。"我自我嘲笑似的笑了起来。"那家伙真是可怕,把我的想法吃得那么透,按我的想法提供证据,一般侦探根本不是对手。若非我这样喜欢推理的小说家,不可能推想得如此千回百转妙趣横生。只是,犯人如果是春泥的话,有很多地方牵强附会,而这正是此案费解之处。可见春泥这坏蛋城府极深。

"牵强附会之处,概括说来表现在两件事上。一是恐吓信自小山田死后再不来了;二是日记本、春泥小说、《新青年》杂志等物何以进入小山田的书橱。

"如果说春泥是作案人,那么这两件事逻辑上讲不通。假如日记本上那段栏外话是模仿小山田笔迹写上去的,假如《新青年》杂志卷首插页的铅笔痕迹是那家伙为制造伪证而鼓捣上去的,那么就产生了这样的疑问:春泥是如何把唯独小山田才有的钥匙弄到手的呢?他又是怎样潜入书房的呢?

"这三天时间,我想得头都痛了,结果找出一个——只是一个——解法。

"如我刚才所说,由于这起案件充满春泥作品味儿,所以我想如若仔细研究一下那家伙的小说,说不定能找到解开疑团的钥匙。我就抽出那家伙写的书读起来。还有——还没有跟你说——据博文馆的本田介绍,春泥曾戴尖帽穿奇服,怪模怪样地在浅草公园转来转去。问广告商,说这只能认为是公园里的流浪汉。而春泥混迹于浅草公园流浪汉之中,这岂不简直成了史蒂文森的《化身博士》?我注意到这点后,从春泥作品中找到相似的来看。你怕也知道,那家伙失踪前不久写了《全景国王》这部长篇,长篇之前有个叫《一身二职》的短篇。读这两篇东西,可以清楚看出那家伙对《化身博士》式手法——对一个人扮演两个角色是多么情有独钟。"

"我害怕。"静子紧紧握住我的手道,"你那口气让人害怕。快别说了,别说这个了。在这半黑不亮的房子里不愿意你说这个。以后再说吧,今天玩好了。这么和你在一起,我一点儿也想不起什么平田来。"

"你还是听着,对你可是性命攸关的事,如果春泥仍盯住你不放的话。"

我根本没心思厮混。

"从这个案件中,我还另外发现两个不可思议的巧合。借用学者语言,一个是空间性巧合,一个是时间性巧合。这里有东京地图。"我从衣袋里掏出自己准备的东京略图,指着上面说:"我就大江春泥辗转搬迁的住所问过本田和象泻警察署的署长,记得大致是:池袋、牛込喜井町、根岸、谷中初音町、日暮里金杉、神田末广町、上野樱木町、本所柳田町、向岛须崎町。其中只有池袋和牛込喜久井町相距很远。其他七个地方,从地图上看,全部集中在东北角狭窄地带。这是春泥极大的失策。池袋和牛込所以离得远,考虑到春泥声名鹊起记者拥上门来始于在根岸居住期间,里边的缘故不难明白。就是说,在喜久井町居住期间和那之前,所有的稿件事务都是通过信函处理的。但根岸以下七个地点,若用线连接起来,可以看到一个不规则的圆。而破案钥匙就藏在这个圆的中心。为什么这么说呢,下面我就解释……"

这时，静子突然松开我的手，两手搂住我的脖子，从那蒙娜丽莎唇间露出莹白的虎牙，一边叫道"害怕"，一边把脸颊紧贴在我的脸颊上，嘴唇紧贴在我的嘴唇上。少顷，移开嘴唇，紧接着用食指灵巧地搔弄我的耳朵，又把嘴唇吻在上面，用如同哼唱摇篮曲般的甜美声调在我耳边呢喃低语：

"我害怕你讲这个，白白浪费宝贵时间。快，快抱我，快抱我呀！"

"等等，稍等等，请再忍耐一下，听我把我的想法讲完。我今天来就是为了跟你好好商量一下。"我只管继续往下说，"关于时间性一致，记得春泥这个名字从杂志上倏然消失，始于前年底。而小山田从国外回来，也是前年底——你说过的吧？二者为什么如此不谋而合呢？纯属偶然吗？你怎么看？"

还没等我说完，静子就从房间角落拿来那条外国马鞭，硬塞到我的右手，当即脱光衣服趴在床上，从裸露的线条柔和的肩膀下把脸转向我：

"那又怎么样，那种事、那种事！"静子发疯似的快嘴快舌胡言乱语。"快，抽、抽我！"她一边叫着一边像波浪一样扭动上肢。

　　从仓房小小的窗口，可以看见鼠灰色的天空。大概是电车声音吧，雷鸣般的声响从远方夹带我的耳鸣隆隆传来，恰如虾兵蟹将从天而降时的阵鼓让我不寒而栗。想必是天气和仓房中的异常空气使得我们两人神经错乱。事后想来，静子也好我也好都是不正常的。我看着静子倒在那里痛苦扭动的青白色的腰肢，执拗地继续我的推理。

　　"一方面，案件中有大江春泥存在，这点洞若观火。而另一方面，日本警察整整用两个月也未能找出那个有名的小说家，那家伙烟一般杳无踪影。

　　"啊，一想起我都不寒而栗。这居然不是噩梦！真是不可思议。他为什么不想杀害小山田静子呢？恐吓信为什么彻底中止？他以什么隐身术进入小山田书房的？上锁的书橱又是如何打开的……

　　"我不由得想起一个人来。不是别人，是侦探小说家平山日出子。世人以为他是女性，就连作家和记者同行也大多以为他是女性。日出子家里每天都有年轻书迷的情书飞来。然而实际上他是男的,并且是响当当的政府官员。

"侦探作家这玩意儿,我也好,春泥也好,平山日出子也好,统统是怪物。男的偏要扮成女的,一旦猎奇心上来,甚至跑去那种场所。有个作家就曾在夜晚男扮女装去浅草游逛,并和男的闹起恋爱。"我已经忘记了一切,如醉如痴地喋喋不休,汗流满面,一直流进口中,很不是滋味。"喂,静子,好好听着,看我的推理有无出入。连接春泥住所的中心点是哪里?请看这地图,是你的家!你浅草山的住宅!全都是离你家不出十分钟的地点……

"为什么春泥在小山田回国的同时失踪了?因为你不能再去学茶道学音乐了。记得吗,小山田不在家期间,你每天下午、晚上都去学茶道和音乐……布好阵叫我那么推理的是谁?是你!在博物馆擒住我而后随心所欲操纵的……

"唯独你才能往日记本里任意添词加句,才能把其他物证放进小山田的书橱,甚至把手套扣弄掉在天花板里都不在话下——我是这样解析的。此外有别的解法吗?请你回答,请回答嘛!"

"太过分了,实在太过分了!"

静子"哇"一声大哭朝我扑来,脸伏在我衬衣上嘤嘤啜泣,我的皮肤都能感觉出她的热泪。

"你为什么哭?刚才为什么不让我推理下去?按理,事关你的性命,难道不该想听才是?就凭这一点,我也不能不对你产生怀疑。听下去,我的推理还没完。

"大江春泥的太太为什么戴眼镜?为什么镶金牙?为什么贴牙止痛膏药?为什么梳洋发型和以圆脸形出现?岂不同春泥的《全景王国》中的乔装法如出一辙?在那篇小说中,春泥讲了日本人乔装的关键之点:变发型、戴眼镜、塞棉絮。此外,他在《一枚铜板》里还介绍了好牙包金法。

"你长有容易引人注目的虎牙。是为掩饰才包金箔上去的。你右脸有颗大黑痣,是为遮掩才贴牙止痛膏的。至于梳洋发型使脸呈圆形,更是易如反掌。你就是这样变成春泥太太的。

"前天我让本田偷看了你,看你像不像春泥太太。本田说如果把你的圆发髻换成洋发型，再戴上眼镜、镶上金牙，就和春泥太太毫无二致。好，你说说看！这回可是真相大白。还想蒙混我？"

我推开静子。她疲惫地瘫倒在床上，剧烈哭泣不止，怎么也不肯回答我。我彻底亢奋起来，情不自禁地挥舞马鞭"噼"一声朝她后背抽去，左一鞭右一鞭忘我地抽个不停。

她青白色的皮肤眼看着现出血痕，很快肿成蚯蚓形状，渗出鲜红的血来。她在我的脚下一如往常地挣扎四肢、拧动躯体。气息奄奄中低低带出"平田、平田"的呼叫。

"平田？嗬，你还想蒙骗我！你难道是说你化为春泥的太太，就另有一个叫春泥的人物不成？哪里有什么春泥！完全无中生有！你是为了蒙混过关才乔装成他的太太会见记者，才没完没了地变换住所的。但是，有的人光凭子虚乌有的人物是蒙骗不了的，所以你雇浅草公园的流浪汉，让那流浪汉睡在客厅里。不是春泥化为穿小丑服的汉子，而是穿小丑服的汉子化为春泥。"

静子在床上死一样沉默不语。唯独她背上的红色蚯蚓宛如活物，随着她的呼吸一下下蠕动。由于她不吭声，我也慢慢地冷静下来。

"静子，我本来没打算这么毫不留情，理应平心静气些才是。可你总想回避我的话，总想以媚态搪塞过去，所以我也不由得冲动起来。请你争辩好了。也罢，你不开口也可以，由我把你的所作所为排出顺序。哪里不对，你就说出来。"

于是，我把我的推理尽量简洁明了地讲给她听。

"作为女子，你有出类拔萃的智慧与文才。这从你给我的信上也完全看得出。所以你想用男人名字写侦探小说一点也没什么不自然。但小说意外获得了好评。正当你开始出名的时候，小山田去国外两年，为了排遣寂寞，也为了满足猎奇癖，你心生一计，要玩一身三职这种可怕的把戏。你写了《一身二职》，又在此基础上想出一条一身三职的妙计。

"你以平田一郎的名字在根岸租了房子。那之前住的池袋和牛込，恐怕只是个收信点。你以厌人症或出门旅行等说法使平田这个男性避开世人耳目，由你自己乔装扮演平田太太，替平田处理文稿等一应事务。也就是说，写稿时你是大江春泥这个平田，见记者和租房时你是平田太太，在山宿小山田家里你是小山田夫人——如此一身三职。

"为此，你必须差不多天天下午都假借学茶道或学音乐外出。半天当小山田夫人，半天是平田太太，一身两用。而这需要改梳发型，需要时间更衣装扮，太远了不成，所以你变换住所时选的地点都是以山宿为中心，距离都在坐车十分钟左右。

"我也同是猎奇之徒，很理解你的心情。如此辛苦而又如此有趣的游戏，世间恐怕找不出第二样。

"我想起一件事来：有一次，一位评论家说，春泥的作品，充满唯独女人才可能有的令人不快的疑心，简直像阴暗角落里蠕蠕挪移的阴兽。可谓一语中的。

"两年很快过去，小山田回来了，你再也无法同时扮演三个角色了。于是大江春泥下落不明。但世人都知道春泥是极度厌人症患者，对其不自然的消失没怎么生疑。

"至于你为什么产生凶杀念头,作为男性的我很难理解。看变态心理学方面的书,书上说歇斯底里型妇人,不时自己给自己写恐吓信,这样的例子无论日本还是外国都有很多。

"这种女人有一种想使自己害怕又想让别人同情的心情。我想你肯定如此。从自己变成的有名的男小说家那里接到恐吓信——这是多么妙不可言啊!

"与此同时,你对上年纪的丈夫感到不如意起来,开始对丈夫不在期间所体验的变态的自由生活产生无可遏止的向往。再深说一步,你对犯罪本身对杀人本身——如你在春泥小说中写的那样——怀有无可言喻的强烈兴趣。加之正好有春泥这个如泥牛入海的虚构人物,你便想倘若把嫌疑转嫁到此人身上,自己不但可以永保平安无事,还可以离开丈夫,继承极大一笔遗产,随心所欲欢度后半生。

"然而,这仍不能使你满足。为确保万无一失,你准备修筑双重防线。于是我被你选中。你大概想痛痛快快把我当傀儡利用一场,也好报我攻击春泥作品之仇。所以,当我把意见书给你看时,你一定觉得滑稽好笑!骗我简直不费吹灰之力。手套装饰扣、日记本、《新青年》杂志、《阁楼里的游戏》,足矣足矣。

"但正如你曾在一篇小说中写道,犯罪这东西总要在某个地方有一点点失手。你拾起小山田手套脱落的装饰扣,用作重要物证。可你没有弄清什么时候脱落的。手套早已送给司机你也一无所知——多么不应有的失误啊!小山田的致命伤我想也一如我前面推测的那样。不同的只是,小山田不是从窗外窥视时踩空的,而大概是在做性游戏过程中(想必戴着那个假发套)被你从窗口推出去的。

"好了,静子,我的推理不对吗?请你回答一声。如果可能的话,希望把我的推理攻破才好。嗯?静子!"

我把手搭在颓然不动的静子肩上,轻轻摇晃。但是,或许由于羞悔交加抬不起头来,她一动不动,一言不发。

想说的全部说完之后，我泄了气，茫然若失地伫立在那里。在我的面前，直到昨天还是我十全十美的恋人的她，暴露出受伤阴兽的本来面目倒在床上。定定注视时间里，我的眼角不由得有些发热。

"那么，我这就回去了。"我回过神来说道，"过后请你好好想想，选择一条正路。这一个月来，由于和你在一起，我得以见到以前从未体验过的情痴乐园。想到这里，现在我也舍不得离开你。但长此以往，我的良心又不允许……再见吧。"

我在静子的背部真情地留下一吻，转身离开这座一段时间里成为两人情爱舞台的魔屋。天空似乎愈发低垂，气温愈发升高了。我带着满身令人难受的热汗，咯咯有声地咬着牙，失魂落魄地踉跄前行。

12

看翌日晚报,知静子已经自杀。

她大概是和小山田六郎一样,从洋房二楼跳进隅田川,自行溺水而死的。隅田川的流向是一定的,命运的可怖也是如此——她的尸体也被冲到吾妻桥下的轮船码头,早上被行人发现。

对真相一无所知的报社记者报道完事件后这样补充一句:"小山田夫人恐怕惨遭同一犯人毒手,结束了短暂的一生。"

读罢报道,我为自己曾几何时的恋人凄惨的死感到很是不忍心,心底涌起深深的悲伤。不过我又觉得,静子的死,等于她坦白了自己可怕的犯罪,实属不可避免的结局。此后一个多月,我始终这样深信不疑。

后来,汹涌的想象开始徐徐退潮,可怕的疑惑随之抬头。

我甚至一句都没听到静子的忏悔。虽说种种证据一应俱全，但对证据的解释无不出于我的推想。而那不可能是二加二等于四那样绝对正确的东西。实际上我不也是利用司机的话和清洗店的证词，而将一度组合好的似乎无懈可击的推理体系、将各种各样的证据完全从相反的角度解释过了吗？又怎能断言同一情况不会出现在另一番推理之中呢？

其实在仓房二楼责备静子时，一开始我也没打算做得那么绝情，准备心平气和地讲明原委，听她申辩。不料话到中途，由于对方态度使我生疑，才说得那般声色俱厉、斩钉截铁。最后再三催问，她也默不应声，遂愈发自以为是地断定是她之罪。但那终究不过是自以为是，不是吗？

的确，她自杀了（果真是自杀？抑或他杀？若是他杀，凶手何人？可怖之至）。纵是自杀，也不足以证明她果真有罪。很可能另有缘由。例如被她那般依赖的我大加怀疑、横加指责，而又无由说明真相，加之女人心胸狭窄，难免因一时冲动而悲观弃世。

果真如此，杀害她的——尽管我没动手——岂不显然是我吗？我刚刚还说不是他杀，这不是他杀又是什么呢？

但如果疑念只限于或许我杀害一个女人，还未尝不可以忍受，问题是我那不幸的妄想癖，使我想到更加可怕的情况。

她显然爱恋上了我。必须考虑被恋人怀疑、被恋人作为罪犯加以斥责的女人的心。恐怕正因为她爱我恋我，正因为她为恋人的难解疑团而伤心，才决心一死了之。

另外，就算我那骇人听闻的推理符合事实，也还有一个疑问：她为什么动了杀心而杀害多年朝夕相处的丈夫呢？为了自由？财产？那东西具有足以使一个女人沦为杀人犯的能量吗？难道不会是恋情吗？而那所恋对象不正是我而非别人吗？

啊，对这个如此令人惶恐不安的疑虑我该如何是好呢？静子是他杀也罢，自杀也罢，反正都是我害死了那般倾心于我的可怜的女子。我不能不受我原本不多的道义之心的诅咒。难道世上还有比恋情更强劲更美好的东西吗？可我竟以道学家的冷酷将那般清纯美丽的恋情击得粉碎！

但是，倘若她是我所想象的大江春泥且是杀人犯的话，我还可以获得些许慰藉。

问题在于，时至今日如何才能确认呢？小山田六郎死了，小山田静子也死了。至于大江春泥，只能认为他已经永远从世上消失。本田倒说静子同春泥太太长得相似，但仅仅相似又算得上什么证据呢？

我找了系崎警官好几次，问后来的进展。但他的回答总是含糊其辞，看来对大江春泥的搜查并无头绪。我还托人调查了静冈的平田一郎老家，得到的回复使我的指望落了空：他并非子虚乌有的人物，而是实有平田一郎这个人，只是眼下下落不明。其实，就算实有平田其人，就算他就是静子往日的恋人，又怎么能断定他就是大江春泥、就是杀害小山田的凶手呢？事实上现在哪里都寻他不见，很难说静子没有借用一个恋人的名字作为一身三职之中的一人姓名。此外，我征得静子亲属的同意，彻底查看了静子的信函等物，力图从中找到一点实证。但同样一无所获。

对我的推理癖、妄想癖，我任凭怎么后悔都觉得后悔得不够。我真想——即使明知徒劳——为寻找平田一郎即大江春泥的行踪而走遍全国以至全世界的天涯海角，宁愿就这样了此一生（但，即使我找到春泥，我的痛苦也只能有增无已，他是犯人也罢不是也罢。无非痛苦内容不同罢了）。

静子惨死已过去半年之久了。平田一郎始终没有出现。我那无可救药的可怕的疑惑与日俱增。

（《新青年》昭和三年八月增刊、九、十月号）